系列
奇幻
无忧界
1 无忧之恋
风扬

图书在版编目（CIP）数据

无忧界.1. 无忧之恋/风扬尘著.–合肥：安徽文艺出版社，2005.9

（非凡奇幻小说系列）

ISBN7–5396–2581–3

Ⅰ.无... Ⅱ.风... Ⅲ.奇幻小说–中国–当代–Ⅳ.I247.5

中国版本图书馆CIP数据核字（2005）第071630号

无忧界① 无忧之恋
X–Fantasy 非凡奇幻小说系列

作　　者	风扬尘
责任编辑	伍蔫　吕冰心
封面设计	领读工作室
印前制作	贾丽娟
出版发行	安徽文艺出版社
	（合肥市金寨路381号）
	（邮政编码：230063）
	（网址：www.awpub.com）
经　　销	新华书店
印　　刷	北京兆成印刷有限公司
字　　数	100千字
插　　页	4
开　　本	880X1230　1/32
印　　张	6.5
版　　次	2005年9月第1版
印　　次	2005年9月第1次印刷
书　　号	ISBN7–5396–2581–3
定　　价	18.00元

内容介绍

无忧界1

　　拥有正宗皇室血统的阿南惨遭奸人所害，意外逃至无忧岛，凭着睿智的头脑，成为岛主的精英手下之一。在出任务的途中，他从人口贩子手中救出来自异世界的林禹，并将他带回无忧岛……拥有特异功能的林禹被岛主纳为精英一员，并指派他和阿南执行新任务——前往斯图尔大陆盗取魔晶。

　　然而两人行经凤影大陆时，却遭遇诸多阻碍——先是阿南遭歹人绑架，后是天下第一剑的风森对林禹宣战，面对接踵而至的事件，他们两人究竟该如何携手冲破难关……

阿 南

本是凤影帝国皇帝凯维奇·尼古拉三世之子，为霍尔克公爵所养。足智多谋、性情豪爽、重情重义的他命运坎坷多舛，最终历经磨难，登上凤影帝国的皇位。

林 禹

英俊洒脱，本性善良。心爱的姑娘塞西莉亚的死对他打击很大。在同阿南他们打败魔王之后，独自流浪于坦桑大陆，继续寻找心中的无忧界。

费力克斯

博卡拉岛的主人，也是整个魔法大陆最大、最出名的奴隶商人。

索伦·安道尔

十二爵士堡堡主。祖上曾用生命的力量封印住魔王，因此，得到凤影大陆居民的拥戴，其家族成为凤影大陆首屈一指的高贵家族。但他癖好男童，却又为世人所不齿。

米　赞

霍尔克庄园的大管家，心狠手辣，武艺高强。

紫魅儿

无忧岛岛主。魔王的转世之身，外表美艳的她却是一个心狠手辣的魔女。

可莉亚

紫魅儿的师姐。同紫魅儿一样，是一个手段毒辣、残忍的巫女。

约德萨·尼古拉

凤影帝国的二皇子。原本是霍尔克公爵的儿子。为人凶残暴虐，心理极度变态。

风　森

约德萨·尼古拉的侍卫，武功超群，在同林禹和阿南的决斗中被杀。

安德尔·卢瓦尔省·尼古拉

凤影帝国的大皇子，生性怯懦胆小，优柔寡断。

非凡奇幻 **目 录**
X-Fantasy 无忧界1

第一章 黑发少年 *1*

大汉正要将那名少年推出门去时，少年突然发难。他鬼魅般地窜到阿南的身边，刷地抽出阿南的佩剑，向自己手上一挥，"当"的一响，铁链顿时断成两截。大汉扑过来想抱住他，但少年的身手却迅捷无比，闪电般移开，只留下虚影。随后，剑光在大汉手上一闪，鲜血四溅，大汉抱手惨叫。少年紧接着冲向费力克斯，不知道他用了什么奇妙步伐，人影一闪，费力克斯已落入他手中，长剑直抵费力克斯的脖颈……

第二章 古堡猎杀 *21*

索伦已经彻底地被蛊惑。他慢慢地低下头，仿佛忘记了一切，吻上林禹的唇。林禹的唇软软的、湿湿的，带着一股迷人的清香，令人沉醉……忽然，索伦脸色大变，刹那间弹跳起来离开林禹，双手紧抓住自己的脖子，连连后退，踉跄地坐倒在地。"啊……""啊……"他声音嘶哑，似乎想喊叫却发不出声音。扭曲的脸上慢慢弥漫上一层淡淡的黑气。他立刻盘起双膝，运起内力，试图逼出毒素。窗外，一道黑影如利箭一样射来，带着亮晃晃的剑光直刺向索伦的胸膛……

第三章　友情陷阱　45

林禹踏出天星步法，连闪过十几拳，头却越来越晕。眼见菲斯特又一拳击来，正要闪躲，骤然眼前一阵发黑，拳头重重地击在林禹的胸膛上。林禹一口鲜血喷出，人飞了出去，月踪真气几乎全被击散，他摔倒在地，再也站不起来……阿南二话不说，手掌立刻贴上林禹的背部，暖洋洋的真气顺着经脉，缓缓地进入林禹体内。林禹闭上眼睛，阿南的真气推动着残余的月踪真气缓慢地开始运行，四散在经脉各处的真气慢慢凝聚。过了一会儿，他的十指开始喀喀作响，蓝色幽光忽现，两手一挥，铁链"哗啦啦"地连响，顿时断成数截掉在地上。

第四章　无忧之岛　65

林禹看见一名俏丽的少女伫立在湖边。她那极其漂亮的粉紫色长发像波浪一样垂到小腿，眼波柔媚，那美丽迷人的眸子竟然也是粉紫色，长长的睫毛微微颤动，嘴唇比樱桃还要红润。同样粉紫色的纱衣包裹着她曼妙的身躯，好像天地万物的灵秀都集中在她身上，天底下所有的鲜花也比不上她的一分娇艳，连最美丽的精灵族少女也只能成为她的奴仆。林禹的头像是被大槌重重打了一下，嗡嗡作响；心脏在胸腔里开始疯狂地跳动，好像要跳出身体；洁白的面颊布满红晕，连幽黑的眼眸也绽放出炫目亮光。

第五章　紫魅魔影　87

房间里又沉默了好一会儿，紫魅儿的脚步声才向门边走来。林禹听到这里连忙收回萤火虫。他坐在床上，心里诧异万分。阿南平时风流洒脱，天不怕地不怕，是个什么事都干得出来的人，竟然在紫小姐面前乖得像小猫咪、而那冰冷入骨的声音竟是由那千娇百媚的紫小姐发出来的吗？她……到底是什么人？

第六章　真相大白　*113*

"米赞大管家！"阿南心中惊呼，身子向一旁急闪，短剑随即刺向伸来的手臂，但米赞速度极快，使得阿南一剑刺空，身影闪避不及，掌力结结实实拍在阿南左肩。刹那间一股寒冷刺骨的真气进入阿南体内，阿南觉得全身都被冻僵，打了个寒颤，体内真气立时反扑想驱除这股冷气，但突然一阵头晕目眩，体内真气竟然提不起来。阿南软软地坐倒在地，在那一瞬间，他明白了，门把上有毒！

第七章　温柔刀光　*135*

阿南这才从床上爬起来，他一边穿衣服，一边问："他什么时候会来？"阿黛拉想了想："大概十一点以后吧，你……你是要我去陪他吗？"她的眼里充满泪花，盈盈欲滴，看上去楚楚可怜。阿南怜惜地抚摸着阿黛拉的俏脸，"我怎么舍得呢？我只是要你和我一起演场戏而已。"一听，阿黛拉温柔地笑了，布满泪花的双眼充满着欣慰的笑意。

第八章　偷天交易　*151*

教皇看着阿南的眼睛，这个英俊的年轻人有着什么样的目光啊！他的眼神充满睿智和坚韧，力量和野心，激情和狂热，信任和期盼，还有一份仿佛谁也不可动摇的坚定信念！他的脸看起来刚强而坚毅，好像世界上没有什么困难能难倒他，王室的血统让他整个人看起来既高贵又威严。这样的人，才是一个王者，才配当凤影帝国的皇帝吧！教皇不由自主地被吸引住，缓缓地向阿南伸出了手……

第九章　手刃仇酋　*169*

金色小球在空中"嗤"的一声，竟生出一对金色翅膀，发出"嗡嗡"的叫声，向约德萨急追而去。
金幽浮！是金幽浮！不知道阿南用了什么法子控制了

它！金幽浮闪电般的速度岂是马儿能比，片刻就已追上约德萨。约德萨听到身后恐怖的嗡嗡声，还来不及回头，金幽浮已像一道利剑，从约德萨身后透背而入，从前胸溅血穿出。约德萨惨呼一声，口吐鲜血，从马上摔了下来，胸口赫然出现一个血洞，而人已气绝身亡。阿南手一招，金幽浮带着鲜血飞回阿南手中，收回双翅。

第 1 章
黑发少年

　　大汉正要将那名少年推出门去时，少年突然发难。他鬼魅般地窜到阿南的身边，刷地抽出阿南的佩剑，向自己手上一挥，"当"的一响，铁链顿时断成两截。大汉扑过来想抱住他，但少年的身手却迅捷无比，闪电般移开，只留下虚影。随后，剑光在大汉手上一闪，鲜血四溅，大汉抱手惨叫。少年紧接着冲向费力克斯，不知道他用了什么奇妙步伐，人影一闪，费力克斯已落入他手中，长剑直抵费力克斯的脖颈……

第一章　黑发少年

费力克斯悠闲地站在窗前，阳光照进来，将他略微肥胖的身影裹上一层闪亮金边。

他穿着一件长长的镶着金边的墨绿色礼服，手指上戴着一只硕大的宝石戒指，在阳光下闪闪发亮。

身旁摆着一张矮几，上面有一只金色的大花瓶，插着开得绚烂夺目的玫瑰花。

房间里的其他摆设都充分显现这个主人相当有钱，但品味却令人不敢恭维。

他嘴里叼着烟斗，深邃而锐利的双眼微闭，满意而骄傲地看着窗外。

窗外，阳光灿烂，清风扑面，夹带着阵阵香草味儿。

费力克斯的心情也像天气一样极好，因为，不远处的海港停着一艘刚靠岸的大船，一个个手戴镣铐、颈上套着项圈的年轻奴隶正从船上走下岸来。

"看来加里这次收获不错！"费力克斯看着那些年轻的奴隶自言自语，嘴角浮出满意的微笑。他在计算着将这一批奴隶训练好之后，能给自己带来多大的财富。

　　费力克斯是这个博卡拉岛的主人，也是整个魔法大陆最大、最出名的奴隶商人。而博卡拉岛也是整个魔法大陆最出名的奴隶训练学校。与其说它声名远扬，倒不如说它臭名昭彰。因为，不知道有多少少男少女的一生断送在他手里，永远沦为别人的玩物。

　　费力克斯可不是一般的奴隶商人，他不屑于卖那些只会吃饭、干活和交配的粗俗奴隶。他的手下遍及各大陆搜寻相貌出众、气质高雅而又聪明伶俐的年少男女，运到博卡拉岛来受训。

　　他会教这些年轻人读书识字、朗诵写诗、唱歌跳舞及弹琴吹笛，甚至还教一些人练习剑术。总之，一切能够取悦别人的东西他都教，当然还包括性的愉悦。

　　因为，他的客人都是遍及各大陆的贵族和有钱人。他也只为这些人服务。因此，与其说他卖奴隶，倒不如说他在为这些贵族培养宠物，最高级的宠物。

　　这些宠物不是猫狗，而是人，漂亮高雅、令

人愉悦的年轻人！

　　他从来不出岛，他的客人会主动到岛上挑选自己满意的货色，财源也随之滚滚而来，如果不是三块大陆中的凤影大陆宣布废除奴隶制，他的所得只怕不止于此。即使这样，凤影大陆都还会有贵族偷偷地到他这里买奴隶。

　　人类对于美丽事物的追求永远都不会有停止的一天，而费力克斯对金钱的贪婪同样也不会停止。比如，今天来的客人里，好像就有一位来自凤影大陆。

　　他叫什么来着？啊！对了，他有一个很奇怪的名字——阿南。

　　费力克斯从来没有听说过这个名字，但是那个叫阿南的漂亮年轻人好像非常有钱，身上穿的是从质料、做工到样式都完美得无可挑剔的漂亮礼服；拿出的保证金是各大陆通用、最高级的黑金卡。

　　据费力克斯所知，这种黑金卡在整个大陆的发行量不超过十张，与取之不竭、用之不尽同等意义。

　　房间的门打开，进来一名穿着简洁、气质干练的中年人。他向费力克斯行了一礼。

　　"老爷，拍卖会就要开始了！"

"嗯！加里。"费力克斯点点头，"你先下去吧，我一会儿就来。"他一向很少参加拍卖会，但是今天他却对那个惟一来自凤影大陆的客人——阿南有了兴趣，不知道他会挑选什么样的货色呢？

费力克斯放下烟斗，抖抖烟灰，然后对着一面华丽的镜子整整衣襟，镜子里的人头发略微花白，身材虽然有点发福，但却精神抖擞。

他打开门向楼下走去，楼下是一个大厅，一面有一张小台，另一面是一些软椅，周围还有一些小包厢，看起来像一个小剧院。而这也确实是按照剧院来设计的，每次拍卖免不了会有奴隶表演才艺，这才能使得客人们乖乖掏钱。

费力克斯走进一间小包厢里，把天鹅绒布帘拉开一条缝，透过布帘，他看到几张熟悉的面孔，比如斯图尔帝国的布莱恩侯爵，以及休波特议员，当然，更多的是来自各大庄园和城堡的管家，准备替他们的主人挑选合适的人选。

看到休波特议员那张阴冷的瘦脸，费力克斯有点不舒服，这个变态的色情狂已经折磨死好几个卖给他的奴隶，今天不知道又有谁要倒大霉。不过费力克斯并不太关心这个，他在乎的是他能出多少钱。

今天休波特议员的目光似乎被什么吸引住，费力克斯顺着他的目光看去，啊！是那个叫阿南的年轻人。

他有一双无比优雅迷人的蓝色眼眸，一头灿烂的金发不长不短，刚好及肩，微微卷曲着，随意地散落在帅气性感的脸庞上，嘴角带着邪魅的笑容。

这个阿南仿佛生来便是来迷倒男人和女人的英俊恶魔。

费力克斯微笑着叹息，如果这个阿南是他的奴隶，他一定会卖出有史以来的最高价！

管家加里走到小台前，轻轻敲了一下木槌，顿时，大厅里安静下来。

加里先向这些贵族老爷们行礼，然后微笑着开口：

"欢迎各位尊贵的客人光临，我们博卡拉岛绝不会让客人们失望，这一次我们为大家准备了最好的礼物。如果您看上了谁，就把他的号码写上，再写上您所出的价格交给您身边的仆人。博卡拉岛祝各位好运！"

原来这次拍卖要采用暗标的形式，下面的客人们"嗡嗡"的议论起来，但很快就安静下来。

因为从幕后走出来一对美丽娇俏的金发少

女，她们长得一模一样，是一对双胞胎。她们穿着两截式的美丽舞衣，露出纤细柔软的腰肢，皮肤白腻，娇柔迷人，年龄绝对不会超过十八岁。

加里开始介绍："这是一号，一对来自万神大陆的双胞胎姐妹，她们不但长相迷人，而且舞姿更令人陶醉！"

说着，他拍了一下手掌，不知从哪里响起美妙的音乐，少女随着音乐翩翩起舞，果然腰肢如柳，身影曼妙，令人迷醉。

众人看得如痴如醉，有的更不知不觉地流出口水，有不少人开始写起价格，然后交给身边的仆人，仆人再将纸条投进一个小箱子。

看到客人们都投标投得差不多，音乐声停了下来，少女姗姗地走进幕后。

大家的目光还恋恋不舍地盯着布幕，相互猜测谁会得到这对少女，可惜，结果要到拍卖会以后才会知道。

这时门帘一掀，又走出一位约十六七岁的短发少年，少年的脸庞清秀至极，身穿剑士服饰，腰佩一只细剑，浑身散发出几分高贵的气息。如果不是颈上戴着奴隶项圈，人们都会认为他一定是世家公子，而不是一名奴隶。

加里微微一笑："他来自于斯图尔大陆的书香门第，可以陪您读书，陪您练剑，陪您打猎，甚至可以替您决斗，总之……他可以为您……做任何事。"加里最后的介绍有几分暧昧。

坐在下面的客人们会意地微笑，然后很快地有几位客人开始写纸条。

拍卖会有条不紊地进行着，快要结束的时候，费力克斯看了看阿南，只见这位英俊恶魔微皱眉头，靠着软椅，自始至终没有动过笔，表情似乎有些失望。这么多才貌双全的俊男美女，他没有一个看得上吗？他究竟要什么样的人呢？

阿南叹了口气，他已经走遍各个奴隶拍卖场，都没有找到合意的人选，难道这次真的要他亲自出马吗？他英俊的脸微拧起来，一副很烦恼的样子。

拍卖会结束了，阿南万般无奈地站起来。这时，一名仆人走到他身边，附在他耳边说了几句话。

"哦？费力克斯先生要单独见我？"阿南有点诧异，但很快就笑了。看来这个费力克斯先生并不想放走我这条大鱼，他一定还有上好货色没有拿出来！

阿南跟着仆人来到二楼，走进一个宽大而华丽的房间里。

他略略向四处扫了一眼，就把目光定在费力克斯身上。

费力克斯坐在沙发上，叼着烟斗，看到阿南走进来，连忙站起身："欢迎您，阿南先生，很高兴能和您会面！"

阿南在心里笑了笑，若不是那张黑金卡，费力克斯怎么会亲自会见自己这个名不见经传的小人物，不过他也笑着说：

"我也很荣幸，不知道费力克斯先生找我有什么事？"

费力克斯看着阿南："不让每一位客人空手而归是我们博卡拉岛的规矩，阿南先生对今天的拍卖物似乎不太满意，不知您想要什么样的货色？能否说出来，我给你想想办法！"

阿南的心里觉得好笑，这个费力克斯说得好听，只怕是想让每一位客人留下钱财才能走人吧。不过，自己的确是希望找到合适的人选。他想了想，说："我想找一位少年，要求其实很简单，他需要长得俊美，不只是很俊美，而是非常非常俊美！"阿南强调着。

"哦？"费力克斯皱皱眉，望着他的管家加

里。加里低头说了几句，费力克斯抬头说：

"这样吧，我还有几个正在训练的年轻人，您想看看吗？"

阿南微微一笑："我说过，有没有训练不要紧，最重要的是，他必须漂亮！"

费力克斯冲着加里点点头，加里急匆匆地跑出去。

不一会儿，脚步声传来，依序走进来几位极为清秀的少年，大多只有十五六岁，他们都戴着奴隶项圈，顺从地站在阿南面前。

阿南一个个看去，皱着眉，缓缓摇头："不，不够，还是不够俊美！"

费力克斯开始有些烦恼，看来这笔生意做不成了。

加里忽然想起什么，他对费力克斯悄悄地说了几句话。

费力克斯有些犹豫地对阿南说："倒是还有一个，不过是刚到的人，没有经过任何训练，不太听话，您要看看吗？"

阿南耸耸肩，表示无所谓。

这一次等的时间久了一些，阿南和费力克斯有一搭没一搭地闲聊着，突然，铁链的铿锵响声传来，阿南转过头去，看到一名大汉推着一名衣着残破、遍体鳞伤的少年走了进来，后面跟着加里。

不过，此刻的阿南已经注意不到那么多，他直勾勾地看着少年的脸。

那是一张苍白而俊秀绝伦的脸，完美的脸上找不到一丝瑕疵，嵌着一对使人情不自禁想沉醉其中，深潭一般似幽似幻的漂亮黑眸。

他一头笔直黑亮的长发，此时有点凌乱地披散在肩背上。

虽然戴着铁链和项圈，少年仍然站得笔直，幽幽黑眸里充满愤怒和反抗，仿佛还有一丝忧郁和悲哀。这样一个衣衫褴褛的落魄少年，站在那里，却好似天生就是人们注目的焦点，连阿南都发觉自己竟然看得有些失魂落魄。

不光是他，费力克斯也相当吃惊，这样的人一定会卖出博卡拉岛的最高价。不过，少年看样子也是不好训练的那一类，这种人的傲气通常难以磨平。当然，现在不用担心这个，他现在关心的是阿南能出多少钱。

阿南站起身，走到少年身边，微笑着问："你叫什么名字？"

少年有些诧异地看了阿南一眼，扭过头去不理睬。

阿南从他的眼睛里看到一丝怒气。

阿南笑了笑，转过头对费力克斯说："好，就是他！你开个价吧！"

费力克斯笑着说："您也看到啦，这种货色可不多见……"

阿南皱眉，他知道费力克斯的意思，他打断费力克斯的话，"这样吧，我带来的那张黑金卡，你要拿多少就拿多少，我相信你是一位公正的生意人。"

费力克斯大笑，"好！爽快！现在他是您的了！来，让我们喝一杯庆祝一下！"他拿出酒杯递给阿南。

大汉正要将那名少年推出门去时，少年突然发难。他鬼魅般地窜到阿南的身边，刷地抽出阿南的佩剑，向自己手上一挥，"当"的一响，铁链顿时断成两截。

大汉扑过来想抱住他，但少年的身手却迅捷无比，闪电般移开，只留下虚影。随后，剑光在大汉手上一闪，鲜血四溅，大汉抱手惨叫。

少年紧接着冲向费力克斯，不知道他用了什么奇妙步伐，人影一闪，费力克斯已落入他手中，长剑直抵费力克斯的脖颈。

"让我走，否则我杀了他！"他说话的腔调

有些怪异，但声音清冷。他一头黑发飘动，冷艳而神秘。

阿南暗暗摇头，这个少年肯定不是魔法大陆上的人，他还没有搞清楚状况。果然，没有人回答他。加里迅速念起咒语，接着，少年颈上的项圈闪出红光。

少年略吃一惊，紧接着手一软，长剑"当"的一声落在地上。

他的双手抓着项圈，痛苦地倒在地上，脸色更加苍白，光洁的额头立刻冷汗淋漓，身体不停抽搐。

阿南有些不忍，他非常清楚这种项圈能给奴隶带来什么样的痛苦，看来这个少年也是第一次尝到，要不然绝不会这么鲁莽行事。

他蹲下去扶起少年，冲着加里叫道："别喊了，他现在是我的人，要教训也应该由我来！"

加里停住咒语，看看费力克斯。费力克斯摆摆手，加里便走出门。

费力克斯心有余悸，这个少年的身手快得惊人，还是让他赶快离开吧。他对阿南说："好了，您带他走吧！欢迎您常来！"

阿南笑了笑，扶起少年，少年浑身瘫软，好像刚才的痛楚已经让他耗尽全身的力气。

"还是要谢谢您，那么，再见了！"阿南告别后，扶着少年下楼，楼下有两名清秀的侍从正等着阿南。

"南星、南月，你们过来扶他！"阿南吩咐道："另外，告诉紫小姐，我们的计划会有些变动。"他盯着少年，脸上露出邪魅的笑容，像极了……恶魔！

这是一间宽敞的船舱。阿南走进来的时候，少年立即从床上坐起来，戒备地看着他。

阿南上下打量着他，换上干净的衣服，吃饱睡足之后，这名少年看起来愈加俊美无比。

阿南满意地点点头，他伸出一根手指放进嘴里，咬了一口，顿时皮破血流，他滴了一滴血在少年的项圈上，低低地念起咒语。项圈"叮地"弹响一下，似乎松了个扣。阿南轻轻拿下项圈，微笑着说：

"你现在自由了！"

少年有些惊异："你……你要放了我？"

阿南坐在床边，笑道："是啊！你我现在都是平等的，我们交个朋友吧！我叫阿南，你叫什么名字？"

朋友！听起来是一个多么温暖的词。

我终于也有朋友吗？

在这个陌生的世界里，所有的事也应该是不同的吧！

阿南温暖的笑容让少年无法拒绝。在这个世界里，连说话都是一种很少用而又神秘的语言，若不是大脑里存储着成千上万种不同的语言，在这里他连和人之间的交流都做不到。而现在，朋友的存在真能让他忘掉所有的痛苦吗？

"我叫林禹。"他笑了笑，"能告诉我这里是什么地方吗？"

林禹的笑容似乎让阿南有些失神，他顿了一会儿才说：

"我们在船上，很快就要到凤影大陆的幕特郡，那里目前属于十二爵士堡管辖。"

"十二爵士堡？那是什么地方？"林禹从来没听过这样奇怪的名字。

阿南再顿了一下，忽然神秘地笑了笑，"你以后就会知道。"

说完，他向林禹眨眨眼，"你呢？你是从哪儿来的？看你的样子难道是从东方的坦桑大陆来的吗？"

"坦桑大陆？那又是什么地方？"林禹看起来一片迷茫。

　　阿南用手拍拍额头，大感头痛，"你怎么什么都不知道？坦桑大陆是离凤影大陆最远的一块陆地，也是最大的一块，据说那里的人大多像你一样黑发黑瞳。"

　　"是吗？"看来这个世界和自己原来的那个世界有很大的不同啊！林禹不由得展开了想象，有机会倒要去见识一下每一块大陆的风土人情，就在这一刻，林禹决定要周游世界。

　　"说了这么多，你到底从哪儿来的？怎么会在博卡拉岛上？"阿南追问。

　　林禹犹豫了一下，仿佛不知道如何回答，这个问题一下子刺得他的心隐隐作痛，阿南从他闪躲的眼神中看到满满的忧郁。

　　一个被他的世界抛弃的人，一个没有家、失去生活目标的人，来自哪里又有什么意义？

　　林禹在心里叹气，想一想后说："你就当我来自坦桑大陆吧！"尽管他极力掩饰，声音里仍然听得出落寞和悲哀。

　　阿南诧异地扫了他一眼，愣了一下。每个人都有自己的秘密，这句话还真没说错，他很识趣地没有再追问下去。

　　不过林禹很快地抬起头，"我一醒来，就到了你说的那个博卡拉岛上，不过，看来我运气还不坏，遇到你。"他笑了，对于阿南的搭救，他心存感激。

是吗？阿南在心中冷笑。遇到我，也许是好事，也许……是坏事。没有发生的事，谁能说得出是好是坏？

他忽然抓住林禹的手腕，"你好像受了伤？"

林禹有点吃惊，点点头，"是啊！一醒过来，就发现自己受了伤，要不，也不会任那些人摆布。"他的眼神又浮现出一丝傲气。

"可是你的身手那么好！"阿南有些惊异，看来自己是捡了个宝。

"那个嘛！"林禹的双眼有些迷茫，"那个，只是一种本能罢了。"

"我替你检查伤势吧！"

林禹望着阿南关切的眼睛，点点头。原来有人关心的时候，心里会有暖暖的感觉。

阿南静静地闭上眼睛，接着林禹只觉得一股暖流沿着阿南抓住他的手进入体内，在五脏六腑转一圈，然后渐渐消失，整个体内都跟着温暖起来。

阿南放开林禹的手，"看起来你伤得可不轻啊！"他皱起眉头，好像有些烦恼。

林禹见阿南在为自己的伤势发愁，有点不好

17

意思。他微笑着说：

"你不用为我担心，我自有办法，只需要一晚，我就会没事。"

阿南有些吃惊，"真的吗？"

林禹微微一笑，闭上眼睛，将精神力释放出来，在额前凝聚成一个散发着柔和白光的小球，慢慢地飞到阿南的手中。

"精神魔力！"阿南惊呼。

林禹睁开眼，白色小球忽然碎裂散开成无数光点，慢慢地黯淡消失在空气中。

"你有这么强大的精神魔力，怎么还会被人打伤？"阿南感到奇怪。

林禹勉强笑了笑，低下头，连他自己也不知道怎么受伤的，也许……根本不是被人打伤。他很快地抬起头，笑道：

"我的精神力攻击不行，不过治伤还绰绰有余。"

"那我就放心了。"阿南望着舱外，海面微波荡漾，海鸥飞翔嬉戏，看来就快到凤影大陆的卡伦港了。

他回过头看着林禹，"快到陆地了，你打算怎么办？"

"我？"林禹神情恍惚，这个世界对他来说

完全陌生，有什么地方可去？对了，就到各地走走看看吧！他抬头看看阿南，见阿南对着他微笑，想说的话突然说不出口。

"这样吧，我始终欠你一个人情，你有什么事要我帮忙吗？"林禹并不习惯欠人恩情。

"哦？你真的愿意吗？"

林禹肯定地点点头。

阿南笑了，而且似乎笑得很开心，但林禹却从阿南的眼睛里看到危险的信号。

还来不及细想，阿南的手掌已无声无息地拍向林禹的胸膛。

身体的反应总是比头脑快。

林禹本能地向后一倒，双足轻点，人已歪斜着从不可思议的角度，闪电般向后倒飞出去。

阿南一掌落空，动作却没有丝毫停顿，一跃而起，纵身向林禹扑去。

林禹急闪，但体内的疼痛传来，冷汗直冒。

身影只慢了一点，阿南的第二掌结结实实地击在林禹的肩上。

林禹被击飞出十几米远，重重地撞在舱板上，伤上加伤，呕出几口血，昏倒在地。

阿南走近林禹，暗暗冷笑，"傻小子！有时候，朋友是不能随便交的！"

是啊！阿南从来不做亏本生意。

他虽然放了林禹，却会让他做更多奴隶做不到的事！

有时候，做一件事，不但要有能用的人，还要有会用人的人。

而阿南就是一个相当会用人的人！

第2章

古堡猎杀

索伦已经彻底地被蛊惑。他慢慢地低下头，仿佛忘记了一切，吻上林禹的唇。林禹的唇软软的、湿湿的，带着一股迷人的清香，令人沉醉……忽然，索伦脸色大变，刹那间弹跳起来离开林禹，双手紧抓住自己的脖子，连连后退，踉跄地坐倒在地。"啊……""啊……"他声音嘶哑，似乎想喊叫却发不出声音。扭曲的脸上慢慢弥漫上一层淡淡的黑气。他立刻盘起双膝，运起内力，试图逼出毒素。窗外，一道黑影如利箭一样射来，带着亮晃晃的剑光直刺向索伦的胸膛……

第二章　古堡猎杀

菲斯特·安道尔坐在书房里一张宽大的书桌边，闭着眼睛，低着头，双手抓进褐色卷曲的头发里，看起来很烦躁，事实上他心里也确实感到有些不安。

明天就是父亲索伦·安道尔公爵的生日宴会，除了邀请的贵宾陆续到来之外，还来了几位不速之客。

首先是凤影大陆帝国议会副议长卡莱，这个家伙以前曾是安道尔家的常客，和自己的关系也相当不错。但自从新教皇上任，二位皇子各自受领封地之后，他与父亲的关系便迅速冷淡，几年来再也没有在自己家中露面，根本就是墙头草似的人物。

这次他突然来参加父亲的生日宴会，难道凤影帝国又即将面临风云变幻？菲斯特想不通，心里暗暗咒骂着那只胖狐狸。

想到卡莱的长相，菲斯特不禁轻笑出声。几

林 禹（英俊洒脱，纯真、善良。拥有强大的精神力）

大汉正要将那名少年推出门去时，少年突然发难。他鬼魅般地窜到阿南的身边，刷地抽出阿南的佩剑，向自己手上一挥，"当"的一响，铁链顿时断成两截。

大汉扑过来想抱住他，但少年的身手却迅捷无比，闪电般移开，只留下虚影。随后，剑光在大汉手上一闪，鲜血四溅，大汉抱手惨叫。

少年紧接着冲向费力克斯，不知道他用了什么奇妙步伐，人影一闪，费力克斯已落入他手中，长剑直抵费力克斯的脖颈。

年不见，他似乎比以前更胖了，圆滚滚的身子顶着颗圆圆的脑袋，看上去好滑稽。

不过他的女儿丽莉儿倒是不折不扣的美人儿，不仅相貌娇柔迷人，身材更是苗条纤细，不知究竟是不是那胖狐狸的种！

菲斯特摇摇头，不禁失笑，竭力把自己的漫天思绪拉回来。

霍尔克庄园的来人是米赞大管家。菲斯特没想到这个与十二爵士堡齐名的庄园竟然也会派人送来贺礼，真是奇怪。

霍尔克庄园与十二爵士堡是凤影大陆最有名的贵族世家，虽然不是仇敌，但也绝不是朋友。几十年来，从没有私下来往，相互扯后腿的事情倒不少，对此两家都心照不宣。

而这次霍尔克庄园主没有亲自到贺，反而派大管家米赞送来贺礼，让菲斯特惊讶得下巴都快掉下来。

想起这个米赞大管家，菲斯特心底又涌起一阵不舒服的感觉。

米赞跟卡莱正好相反，是个瘦得像人干似的中年人，貌不出众，而那一双阴冷锐利的眼睛却让菲斯特不由得打起寒颤。据说这个米赞是凤影大陆上屈指可数的几位高手之一，他来这里会有

什么目的呢？

让人不放心的还有几天前在回堡的路上拣来的黑发少年。

少年身受重伤，容貌俊美邪异。

妹妹思雅已不眠不休地照顾他好几天，瞎子也能看出来，思雅对那个神秘少年大生情意。这又是一件让人头痛的事，菲斯特不由得用指腹按着额头。

门轻响，进来一个小侍童，向菲斯特恭敬地鞠躬：

"菲斯特少爷，小姐派人来说，那个黑发病人醒过来了。"

"哦？"

菲斯特决定暂时放下烦心事，去探望一下那个神秘客人。

林禹醒过来的时候，发现自己躺在一张很舒服的床上。

他动了动，身体只感到很轻微的疼痛，体内的精神力总是能自动地治疗主人的伤势。

突然，一个苗条的身影闯进林禹的视线，林禹眨眨漂亮的眼睛，一张清秀的脸庞逐渐清晰起来。那是一张少女的脸，褐发褐瞳，不惊艳但也不难看，有着圆润的脸蛋和一双温柔的眼睛。

少女温柔的笑容让林禹感到一丝温暖，他慢慢地坐起，环顾四周，然后问："你是谁？这里……是什么地方？"

只见少女绽开笑颜，眼睛瞄了瞄林禹，一张脸蛋带着羞怯，满是情意。情意？等等，不确定自己有没有看错，林禹微微一惊，连忙避开少女的目光。现在的他并不想惹什么麻烦。他心里不知什么时候多了一把锁，逃避别人的同时，也在保护自己。人与人之间的心墙，筑起来容易，想推倒却很难。

少女微微一笑却没有回答他，然后径自转身而去。

林禹打量着房间，摆设很简单，正对着床有一扇窗户，红红的天鹅绒窗帘给房间增添几分华贵，旁边是一张书桌和一把靠椅，不是很华贵却很舒服，空气中还弥漫着淡淡的檀香味，可以看出房间主人的品味高雅而务实。

不一会儿，少女端来一碗香气四溢的食物，看上去像麦片粥。

林禹的食欲一下子被勾了起来，他好像已经有几天没有正常地吃过东西了。

他接过碗，见少女指了指嘴巴又指了指碗。

难道她不能说话？林禹心中惊诧，但忍不住还是先喝起粥。

少女见他喝得快，很高兴地又端来一碗。

林禹连喝两碗，觉得饱了，向少女摆了摆手。他的胃口一向不怎么样，所以看起来有点瘦弱。

现在吃饱睡足，伤也好得差不多，感到胃里暖暖的很舒服，他已经好久没有这样的感觉了。

"我怎么会到这里的？"林禹试着再问。

少女脸色有些黯淡，她指了指自己的唇，再摇摇手。

果然是个哑女，林禹有些歉然。

这时，房门一响，走进来一位英气勃勃的褐发青年，是菲斯特·安道尔。

他先看了少女一眼，关心地说："思雅，你累了几天，先回房去休息吧，这些事应该让仆人们来做。"

思雅摇摇头，不肯离去。

菲斯特无奈地苦笑一下。接着，他走近床边，微笑着说：

"你醒啦，伤好些了吗？"

林禹有些疑惑地望着他，点了点头，正要开口。

菲斯特却打断他：

"我知道你想问什么，这里是十二爵士堡，我叫菲斯特·安道尔，是这里的少堡主。"

他指指旁边的少女，说道："她是我妹妹思雅，是她见你昏倒在路边，把你救回来的，她可是连续照顾了你三天三夜呢！"

林禹连忙向思雅说："思雅小姐，谢谢你救了我。"

思雅有些羞涩地低下头。

菲斯特看在眼里，心里叹一口气，又不动声色地问：

"你怎么会受伤的？"

林禹心里也感到很奇怪，阿南将自己打昏以后，他怎么又会被丢在路边？是阿南做的吗？他到底想干什么？

他想了想，然后缓缓说道："我叫林禹，来自东方的坦桑大陆，只记得遇到了几个强盗，在同他们打斗中受了伤，却忘记自己怎么会倒在路边，多谢你们相救。"

第二章 古堡猎杀

"哦？坦桑大陆！很远的地方呢，想必林少爷一定见多识广，有很多趣闻吧，我倒要向你请教了。"菲斯特盯着林禹的脸，微笑着说。

林禹有点脸红，心里暗暗叫苦。

从小到大，他几乎没有撒过谎，才第一次撒谎就被菲斯特抓到语中的漏洞。

"这个……我也是第一次出远门，什么都不太懂就碰上这种事，说起来，还要菲斯特少堡主你多指点。"林禹微红着脸，感觉自己搪塞得好辛苦。

不过菲斯特没有再追问下去，他笑笑，转个话题。

"既然林少爷远道而来，那就多住几天吧。明天是我父亲的生日宴会，我代我妹妹邀请你参加，希望你能赏脸。"

林禹看到思雅期盼的眼神，不忍拒绝，只得点头答应。

菲斯特见林禹脸上仍有疲倦之色，很快地告辞而去。

林禹一个人躺在床上，手里握着一串项链，项链上嵌着一颗黄色琥珀，这是他十八岁的生日礼物，一切的事仿佛昨天才发生。

一夕之间，什么都变了，原来自己在爷爷眼里只不过是一个替代品，甚至连生存的权利也丧失了。

在这个陌生的世界里，虽然活着，但又能干什么呢？什么才是生活的目标？什么样的生活才能算得上幸福？

清晨，草地上还闪着透亮的露珠，十二爵士堡的仆人们就已经忙碌起来。

宴会大厅里铺上崭新鲜艳的红地毯，洁白华丽的宴会桌上摆满新鲜欲滴的水果，水晶花瓶里插满最美丽的花朵，花园里的园丁反复修剪着自己的作品，一群仆人甚至爬到喷水池里擦拭美丽的铜像。

每个人都努力工作着，绝不能让十二爵士堡丢脸。

在凤影大陆，十二爵士堡的宴会以华丽高贵而闻名。

每一个参加过十二爵士堡宴会的客人在很多年以后，只要一提到十二爵士堡的宴会，都会怀念地说：那真是一个美妙的宴会啊！随后定会深深地陷入回忆之中。

十二爵士堡是凤影大陆首屈一指的高贵家族。传说一百年前，魔界的魔王带领魔军肆虐人界，来自整个魔法大陆的十二名勇敢而坚强的骑士用他们生命的力量封印住魔王，保护人界免于战乱，带来了百年的和平与安定。

十二名骑士中有一位武功最为高强，在封印

第二章 古堡猎杀

魔王后，他竟奇迹般地活下来，成为整个大陆的英雄。由于他来自凤影大陆，理所当然成为这片土地的荣耀。而他的名字就叫做多里士·安道尔，正是菲斯特·安道尔的祖先。

国王将这片土地和城堡赐给多里士·安道尔，并允许他的爵位可以永远世袭下去。

多里士·安道尔为了纪念他的同伴，将城堡的名字改为十二爵士堡。

一百年过去，城堡传到现任堡主索伦·安道尔手中，虽然人丁略显单薄，只有菲斯特一个继承人，但没有人敢小觑十二爵士堡。因为堡主索伦的妹妹贵为玛丝菲尔皇后，不仅如此，家族每代都有女性嫁入皇族，再加上这些年城堡的领土不断扩张，十二爵士堡的实力不是任何人能够撼动的。

大概惟一能与十二爵士堡相抗衡的就是霍尔克庄园吧！

虽然霍尔克庄园行事一向低调，但任何人都知道霍尔克庄园和十二爵士堡是凤影大陆最主要的两股势力。两者实力相当，成为凤影帝国稳定繁荣的基础。对这一点，帝国皇帝凯维奇·尼古拉暗自沾沾自喜，有时候能否维持各股势力之间的平衡和稳定，才是评价一个君王政治手段是否高明的标准。

宴会就快要开始了，两名仆人却仍紧张地在大门口张望。

没多久，一辆红色镶着金边的豪华马车出现在路的尽头，快速地向城堡驶来。

看到马车，仆人紧绷着的脸明显地放松，换上笑颜。

马车停在门口，车上走下来一位目光深邃而高傲，下巴棱角分明，皮肤微黑，看上去很高贵的中年人，他就是十二爵士堡的现任堡主索伦·安道尔。

身为一方霸主，索伦的骄傲不是没来由的。

这些年来，他用尽心思讨好皇帝，结果换来一人之下，万人之上的地位。但如今他考虑的应该是如何享受已有的权力，为什么他看起来还总是心事重重？还有什么事让他放不下吗？人的欲望难道真的永远不能被满足吗？

"公爵！"

两名仆人连忙上前鞠躬。

"嗯，总算及时赶回来。宴会开始了吗？"

"还没有。就等您，公爵。"

一名仆人恭敬地回答。

索伦随手脱下披风递给仆人，旋即走进城

堡。他沿着一个偏僻的楼梯走上二楼，进入更衣室。几个仆人正托着华丽的公爵礼服站在房里等着他。

仆人看到他进来，一齐向他行礼。然后七手八脚地帮索伦换上礼服。暗红色镶着金色肩饰的礼服豪华而高雅，让本来有些疲惫的索伦立刻变得神采奕奕。

"公爵！"

比华兹管家走进来，他凑到索伦耳边说了几句什么。索伦的眉毛顿时拧起来。

"哼！我知道他们来干什么！麻雀就是麻雀，无论怎样都不会变成老鹰！"他冷笑连连，目光锐利而又自信。

宴会厅里的水晶灯闪烁着七彩光芒，映照得整个大厅异常奢华。

优雅高贵的贵妇穿着争奇斗艳的礼服，露出漂亮高贵的颈项和性感的胸脯，像美丽的天鹅吸引着男人倾慕的眼光；男士们则三三两两地聚在一起高谈阔论，不时地用眼角的余光搜索着香艳猎物。

钟声响起来，人们被吸引过来，慢慢地聚拢在楼梯下。

十二爵士堡的堡主索伦·安道尔精神抖擞地

站在二楼的楼梯上。

"很荣幸邀请到各位贵宾光临我的生日宴会，为了表示欢迎，先敬大家一杯。"

他微笑说着，拿起托盘上的香槟，朝大家高高举起。

索伦·安道尔居高临下地扫视一下所有的人，然后一饮而尽。

大厅里立刻响起热烈的掌声。

在掌声中，他骄傲地走下楼，又拿起一杯酒，提议道：

"各位，接下来，为大家今天有缘在这里相聚而干杯！"

接着，每个人都举起酒杯向他表示祝贺。

他走下楼梯，站在长桌前，每个客人都亲手向他送上礼物，索伦均微笑着一一道谢，并免不了说一些诸如照顾不周、请随意等等客套话。不一会儿，各式各样名贵的礼品已经摆满长桌。

忽然，宴会厅里出现一阵轻微的骚动，大家的目光不约而同地看向大门口。

少堡主菲斯特和妹妹思雅缓缓地走进来，但众人的目光却一下子集中在思雅身后的林禹身上。

大厅里顿时响起一片轻轻的惊呼和赞叹声。

　　林禹穿着一件白色礼服，礼服上绣着华丽的银色花纹，但没有人注意到这些，他的脸足以让最闪亮的水晶灯变得黯然无光。他披散着长长黑发，深潭一样的眼瞳像黑洞一样能够吸纳任何光芒，使日月星辰在他的面前都失去光彩。

　　赞叹声并没有使他高兴，相反让他感到极不舒服。

　　林禹觉得自己从来没有像今天这样招摇过，就像一只任人指点的猴子。众目睽睽之下，更让他联想起不堪回首的那一幕，众人虽然是赞美，他感觉却像是在羞辱。

　　人群自动地给他们三人让出一条路。

　　菲斯特兄妹带着林禹走向安道尔公爵。

　　菲斯特先行个礼，然后托着一条带着绶带的公爵勋章递给索伦。

　　绶带绣着华丽的花纹，黄金制成的勋章嵌着一颗巨大的钻石，在水晶灯的照耀下闪闪发光。

　　菲斯特向索伦弯了弯腰，恭敬地说："父亲，这是我和思雅送给您的礼物，这条绶带还是思雅亲手织的呢！"

　　"哦！"

　　索伦高兴地接过绶带勋章：

　　"谢谢！菲斯特、思雅，只要是你们送的东

西我都喜欢。"

说着，他把绶带轻轻地放在身后装礼物的银盘上。

菲斯特又把林禹拉到索伦面前，向他介绍："他是林禹，来自遥远的坦桑大陆，是一位可敬的行者。"

林禹有点脸红，听到别人重复自己的谎话，还真有点不自在。

索伦看着林禹，眼睛微微眯起来，任何人看到"艳光四射"的林禹，都会眼睛一亮。

菲斯特望着父亲的眼睛，"林禹是我的贵客，而且……是思雅的朋友。"

"哦！"索伦收回看向林禹的眼光，瞄了瞄林禹身边的思雅，只见她低垂着头，双颊微红，满是娇羞。

"欢迎来到十二爵士堡，远方的客人，希望你玩得愉快。"索伦微笑着说。

林禹连忙上前向索伦深深地鞠了一躬，有些不好意思地说：

"对不起，安道尔公爵，我不太清楚这儿的规矩，没有为您准备礼物……"

事实上，林禹确实不知道宴会上要拿出礼物，而且他身无长物，除了那条代表过去的项

链，他实在拿不出什么东西。

"哈哈……"

索伦大笑着打断林禹的话，"不用难堪。记住，你的到来就是送给我最好的礼物！"索伦很会说话，为人也相当得体，让每一个向他献上礼物的人都觉得很舒心，他也毫不吝啬地对每一位客人微笑。

但是，当一个人脸上挂着笑容时，心里是不是也在微笑，又有谁知道？

舞会已经开始，轻快柔和的音乐飘扬在大厅里。一对对衣着光鲜亮丽的男女随着音乐的节奏翩翩起舞。

菲斯特正搂着一位贵族美女穿梭在人群里，按照礼仪他必须邀请女士跳第一支舞，而思雅也被一位殷勤的贵族青年邀请走。

林禹不会跳舞，看着大厅里如花蝴蝶般的人影，一阵阵谈笑声灌入耳中，反而让他觉得有些无聊。不管环境多么热闹，他的内心深处总是有一片属于自己的孤独笼罩着他，他摆脱不掉，也不想去摆脱。

浓重的脂粉香气熏得他有些头晕，眼睛的余光看见一些贵妇对着自己指指点点，其中几位看起来还蠢蠢欲动，想朝他走过来。

林禹立刻皱皱眉，似乎预感到会有麻烦。

他放下酒杯，悄悄地快步离开宴会厅，穿过门廊，来到厅后的小花园。鲜花和泥土的味道混在一起，他深吸一口气，感到舒服多了。

林禹抬起头望向天空，繁星点点，尽管这个世界的天空美丽得令人心醉，林禹的心中却阵阵抽痛。

原来，每一个世界的天空都是如此美丽；原来，他根本就没有忘记记忆中的星空。是不能忘记，还是根本不想忘记，林禹自己也不知道。

他的眼神变得迷茫，好像迷失在万点星辰里，不知道自己究竟该何去何从。

不知道过了多久，忽然一名清秀的侍童朝他走来，"林少爷，菲斯特少爷让我请您到书房，有事要和您谈。"

"哦？菲斯特？他会有什么事要在这个时候说呢？"

林禹摇摇头，想不透，索性不去想。"好，请你带路吧！"

林禹跟着侍童绕过宴会厅，从比较偏僻的楼梯步上二楼，进入一间很大的书房。

房间很宽敞，左边是一排排高高的、整齐的

书架，排满了各式各样厚薄不均的书籍，右边是矮桌和一张看上去很柔软、很舒服的长沙发，地上铺着一块绣着美丽图案的白色厚地毯，但屋里却没人。

侍童端上一杯茶，轻轻地放在矮桌上，微笑着说：

"林少爷，菲斯特少爷马上就来，请您稍等一会儿。"

林禹点点头，侍童拿着托盘走出去，并轻轻地带上门。

林禹坐在沙发上，随手端起茶杯喝几口，好奇地浏览着书架上的书，他从来没有见过这么多的书本。

好一会儿过去，茶都快喝光了，菲斯特却还没有来。林禹叹口气，准备站起来找本书看，脑袋却忽然一阵晕眩，倦意不知不觉地袭来，他双眼蒙眬地看着柔软舒适的沙发，顺势侧身倒在上面，不一会儿就沉入梦乡。

忽然，从窗外跃进来一个黑色身影，他轻手轻脚地走到林禹身边。

林禹似乎睡得很沉，双颊还微微泛起红晕，长长的睫毛微微翘起，看起来真是娇艳无比。也许，只有沉入梦中，他的神情才会如此安详。

黑衣人略微呆住，从怀中掏出一粒红色的小丸，他轻轻扒开林禹的嘴巴，将药丸塞进林禹嘴里。接着，他又仔细看了林禹一眼，眼神似乎露出一丝得意的笑意，又待了好一会儿，才从来时的窗户跳出去。

过了几分钟，书房的门被打开，走进来一名中年男子，却不是林禹所等待的菲斯特少爷，而是十二爵士堡堡主索伦·安道尔公爵。

索伦目光飞快地扫过书房，忽然看到躺在沙发上的林禹。

他微微一愣，瞳孔一下子就缩了，略顿一下，他伸出头很快地看看门外，然后迅速关上房门走向林禹。

他轻轻地走近林禹，似乎很害怕将他惊醒。

林禹却一动也不动，睡得很沉。

经过矮几的时候，他看到上面的茶杯，略思考了一下，还是端起茶杯，凑近鼻端闻一下，"春药的味道？"他皱皱眉头，有些迟疑，谁在开玩笑吗？这到底是一个陷阱，还是一个……特别的生日礼物？

索伦看着林禹的脸，深邃而锐利的眼眸顿时迷茫起来。俊美的少年他见过不少，但像林禹这样的，会是什么味道？他心里像有猫爪抓得他痒

痒的，一种说不出来的欲望让他不知不觉地蹲下来，痴痴地看着。林禹俊美的脸微红，娇艳欲滴，抿成一线的薄唇竟像花瓣一样粉嫩，即使这是个陷阱，他也要先尝尝，人的欲望有时候会强烈得让人不顾一切地飞蛾扑火。

索伦已经彻底地被蛊惑。他慢慢地低下头，仿佛忘记了一切，吻上林禹的唇。

林禹的唇软软的、湿湿的，带着一股迷人的清香，令人沉醉……

忽然，索伦脸色大变，刹那间弹跳起来离开林禹，双手紧抓住自己的脖子，连连后退，踉跄地坐倒在地。

"啊……"

"啊……"

他声音嘶哑，似乎想喊叫却发不出声音。扭曲的脸上慢慢弥漫上一层淡淡的黑气。他立刻盘起双膝，运起内力，试图逼出毒素。

窗外，一道黑影如利箭一样射来，带着亮晃晃的剑光直刺向索伦的胸膛。

索伦猛地睁开眼，在利剑及身的瞬间，勉强向旁边跃开，剑光闪过，索伦右臂上出现一道深深血痕。

他紧紧盯着黑衣蒙面人，惨白的面容因痛苦

而显得狰狞：

"是你……在他的唇上下毒？"他的声音嘶哑，几不可闻。

黑衣人哈哈一笑，"不错！你的武功高强，我自问不是对手。不过，杀人有时候似乎并不需要什么武功。"

黑衣人顿了顿，眼神里闪过一丝鄙夷：

"比如现在，你中毒之后，强运内力，只会死得更快。"

索伦脸色苍白，却又覆盖着黑气，看上去很诡异。他微微喘着气：

"你……你把毒下在他的唇上，不也让他中了毒吗？"

黑衣人冷笑一声，"那又怎样，我做事向来不择手段。"

黑衣人在将要死的人面前非常坦白，声音冰冷而干脆。

索伦脸上黑气更盛，身子不住颤抖着，慢慢地滑倒在地：

"你……够狠……"他的声音几乎已听不见，头缓缓地歪倒，双眼慢慢闭上，就此再也不动了。

黑衣人走近索伦，拉开他的礼服，探手伸向

他的怀里，摸索翻找着什么。

忽然，索伦的左手闪电般地向黑衣人的脸上抓去，黑衣人猝不及防地将头微微一偏，同时一把短剑"嗤"的一声刺入索伦的胸膛。

但此时黑衣人的蒙面布已被索伦抓下，那一瞬间他看见了蒙面人的真面目。

"你……你是……"索伦瞪大双眼，眼里写满惊讶和不敢置信。

黑衣人连连冷笑，忽然凑近索伦的耳朵，狞笑低声说：

"不错！就是我！"

索伦痛苦地连连摇头，但是他却已经不能说什么了。

他万般不甘地慢慢倒下。

不！他不甘心，不甘心！一代枭雄，心机算尽，到头来却便宜了别人！但是，他已经不能再做什么了，他睁着一双愤怒而又不甘心的眼睛，一动也不动，这次，是真的死了。

黑衣人看着索伦，忽然叹一口气，伸手轻轻地合上他的眼睛。随后又开始在索伦身上翻找，这次他找出一只小羊皮袋和一封看起来刚刚才撕开的信。

他先打开信看了几眼，眼神透出一丝惊异，

随即又若有所思地笑了。然后他从羊皮袋里倒出一个黑亮的像大理石的薄薄方块。他仔细地看了几眼后，微微一笑，塞进自己怀里。

然后，他用短剑在索伦的尸体上狠狠刺了几下，鲜血流淌出来，周围形成血泊。这种毒与血液混合之后，一旦暴露在空气里会很快挥发掉，让人看不出曾中毒的迹象。

他慢慢地用索伦的礼服擦拭着短剑上的血迹，血液缓缓地渗入暗红色的礼服，留下的痕迹，只像是礼服不小心被清水泼湿了一片。

林禹迷迷糊糊地睁开眼睛，只觉得头有些昏昏沉沉。

"咦？"他在蒙眬之中看见一个人影蹲在离他不远的地方，低着头不知在做什么。那人一头耀眼的金发，一个漂亮的下巴，"阿南！"他惊呼出声。

阿南迅速抬起头，脸上写满惊讶，但他立即跳了起来冲向林禹，手掌闪电般地往林禹的脖子一击，可怜的林禹还没完全清醒，又马上晕了过去。

阿南似乎没料到林禹会提前醒过来，脸上呈现苦恼之色。

他来回踱了几步，想了又想，最后走到林禹

身边，掏出一颗白色药丸放进林禹嘴里。再想了想，又把短剑抛在离林禹不远的地毯上，然后迅速穿窗而出。

屋子里又恢复宁静，除了地上多了一具死尸以外，仿佛什么事也没发生过。

第3章
友情陷阱

　　林禹踏出天星步法，连闪过十几拳，头却越来越晕。眼见菲斯特又一拳击来，正要闪躲，骤然眼前一阵发黑，拳头重重地击在林禹的胸膛上。林禹一口鲜血喷出，人飞了出去，月踪真气几乎全被击散，他摔倒在地，再也站不起来……阿南二话不说，手掌立刻贴上林禹的背部，暖洋洋的真气顺着经脉，缓缓地进入林禹体内。林禹闭上眼睛，阿南的真气推动着残余的月踪真气缓慢地开始运行，四散在经脉各处的真气慢慢凝聚。过了一会儿，他的十指开始喀喀作响，蓝色幽光忽现，两手一挥，铁链"哗啦啦"地连响，顿时断成数截掉在地上。

第三章 友情陷阱

不知道过了多久，也许只是一会儿，林禹有些清醒了。他甩甩头，慢慢坐起身，四周没有人。他的眼睛往地上一瞄，看到躺在血泊里的公爵时，吃惊得从沙发上跳起，连忙走近用手探了探对方鼻息。只见公爵脸色死灰，早已死去多时，林禹又是吃惊又是愤怒，忽然想起阿南，是他干的吗？

还没来得及细想，门忽然被推开，菲斯特和比华兹管家走了进来。

林禹反射地像弹簧一样跳离索伦的尸体，倒退了好几步，神色张皇失措。

菲斯特一眼便看到地上的父亲，脸色大变，"父亲！"他飞身奔去，扶起索伦的尸体，而索伦早已没有气息。

菲斯特猛地转过头，向林禹怒目而视，恼怒地说："林禹！枉费我把你当成贵宾，你为什么要杀我的父亲？"

林禹头脑一片混乱，喃喃道："不，不是我！"一定是阿南，一定是，他为什么要这样做？林禹一时又是气愤又是不解。

菲斯特看林禹一副惊慌的样子，心想即使不是他杀的，也一定与他有关。他毫不迟疑地拔出身上的佩剑，虽然是搭配礼服用的礼仪用剑，但仍然剔亮而锋利。他一句话也不说，举剑就向林禹刺去。

林禹虽茫然失措，但身体却自然而然地使出天星步，人影一闪，轻易避开。

菲斯特一剑刺空，心中更怒，"我倒是小看了你！"

刷刷地接连几剑挥去，剑法奇快，狭小的空间中，林禹的身影闪避得有几分狼狈。

林禹侧身避过剑锋，菲斯特顺手横劈，速度之快，令林禹暗惊。他身子立刻腾空倒翻，但利剑已将他腹部的衣服划破。

一阵脚步声传来，比华兹管家带着十多个人涌进门，将林禹团团围住。

林禹皱皱眉，心想要脱身其实并不难，但他并不想伤害菲斯特，因此迟迟没下重手。眼见围住自己的人有几个实力不弱，尤其是其中一个瘦削阴沉的中年人，霍尔克庄园的米赞管家。他只

是静静地站着，但却有一股说不出的诡异气势，那股阴冷的气息让林禹深感威胁。还有两名贵族，实力绝不亚于菲斯特，如果都缠上自己，可不太好脱身。

菲斯特见林禹被困，心中大悦，举剑又刺了过去。

林禹双眼微闭，精神力分出一束迅速融入体内月踪真气，两股能量交缠着向十指涌去，十根白皙修长的手指骨节立刻喀喀作响，指甲竟"嗖"的暴涨三寸，散发出幽幽蓝光，锋利如刀，单手一抬，正好扣住长剑，手腕轻抖，"叮"地轻响，漂亮的长剑立即断成两截。

幻魔手！林禹终于使出幻魔手！尽管他不愿意用这种功夫，但此时此刻，却也顾不了那么多了。不过，迷茫地活着与糊涂地死去，究竟哪一种结果比较好，林禹也说不上来，心里有的只不过是求生的本能吧！

在众人的惊呼声中，菲斯特更是惊怒交加，本来他还不太相信林禹会杀人，毕竟父亲的武功之高，在大陆上屈指可数，普通人绝对难以伤害他，但此时见到林禹的幻魔手，顿时疑心大起。

"好本事！"菲斯特冷冷地说。他甩开手中的半截断剑，抬手成拳，拳头上隐隐裹着一层淡淡青气向林禹挥了过去。

林禹见他仍不放弃，深感头痛。

菲斯特的拳头带出风声，青气暴涨，林禹见他内劲深厚，不去硬碰，只是闪身躲开。自知内力不足，林禹从来不作硬碰硬的蠢事。

众人见林禹只顾着闪躲，纷纷拔出佩剑向林禹刺去。

林禹避强就弱，幻化成无数身影，穿花拂柳般地左右开弓，只听见"叮"声连响，十余把利剑全部折成两半，先后掉落在地。

众人倒吸一口凉气，拿着断剑，一个个目瞪口呆。

幻魔之气窜入脑中，此时的林禹看上去阴沉冰冷，一头黑发无风自飘，黑眸似乎扩散成更大的黑潭，整个人显得更加神秘。

米赞眼眸一凝，露出慎重神色，却仍没有出手的意思，在情况不太明朗的时候，保持冷静通常是明智之举。

而此刻，林禹只想尽快脱身，因为他忽然感到一阵阵头晕，月踪真气也开始有不稳的迹象。幻魔手由精神力和月踪真气同时支撑，缺一样便使不出。

林禹不愿恋战，冷冰冰地开口："我不管你

们相不相信，公爵的确不是我杀的，只不过凶手是谁我也不知道，如果你们再缠着我，就别怪我不客气！"每次使用幻魔手时，林禹就像换了一个人，原本温和害羞的大男孩仿佛瞬间变成神秘恐怖的魔王。

话一说完，他身子一跃，整个人像一只大鸟，穿窗而出。

菲斯特哪肯善罢甘休，紧跟着跃窗而出。

米赞也紧紧跟随，剩下的人自问没有那份本事，纷纷下楼骑马追踪出去。

林禹提起气急奔，身后却隐隐传来脚步声，回头一看，只见菲斯特和米赞紧紧跟随，速度竟然比他慢不了多少，他不由得在心中暗暗叫苦，大骂阿南害人不浅。

此时的林禹忽觉头晕目眩，体内真气翻滚，极其不稳。这时前方不远处出现一片树林，真是绝处逢生。林禹立刻加快脚步，自信能在树林里依靠天星步甩掉追兵。

正要进入树林的时候，却从树林里走出三个人，恰好拦住他的去路，为首的正是金发碧眼的阿南。

"拦住他，他杀了堡主！"菲斯特在林禹身后大叫。

阿南冷笑着对林禹说："杀了人，你还想逃走吗？"

　　他竟然恶人先告状，林禹差点气晕过去，怒道："胡说，你才是凶手！"

　　阿南笑嘻嘻地说："是吗？有谁会相信你？"一副不把林禹放在眼里的样子。

　　林禹再不答话，含愤出手，月踪真气运行到极致，双手如闪电般地向阿南抓去，幻魔爪在阳光下闪着神秘的蓝色幽光。

　　阿南收起笑容，反手从背后拔出一把看上去锈迹斑斑，约五指宽的长剑，顺势一横，刚好挡住林禹的幻魔手。

　　林禹趁势抓住长剑，双手一抖，长剑竟然折不断。

　　阿南整个人飞起，一脚踢向林禹，同时手腕一转，长剑脱出林禹的双手。

　　林禹倏地跃起，避过阿南的飞脚，幻魔爪从剑身划过，虽然没能折断长剑，却在剑身留下数道浅痕。

　　阿南看看剑身，略微惊讶，赞道："好小子！功夫不错嘛！"

　　这个林禹真是出人意料啊！武功怪异不说，中了自己的毒竟还能坚持到现在！

实际上，林禹已是强弩之末，体内真气翻腾不休，头昏目眩；幻魔爪已变得黯淡无光，眼看就快要缩回去了。

这时，菲斯特和米赞飞快赶到。

菲斯特目露凶光，毫不犹豫地冲向林禹，拳头泛着青气。

林禹一个踉跄，勉强地避开，幻魔爪闪过菲斯特的手臂，却什么也没有留下，原来魔爪已不知什么时候缩回去。

有惊无险的菲斯特勇气大增，双拳如疾风暴雨般袭向林禹。

林禹踏出天星步法，连闪过十几拳，头却越来越晕。眼见菲斯特又一拳击来，正要闪躲，骤然眼前一阵发黑，拳头重重地击在林禹的胸膛上。林禹一口鲜血喷出，人飞了出去，月踪真气几乎全被击散，他摔倒在地，再也站不起来。

一阵马蹄声传来，十二爵士堡的人纷纷赶到，下了马，全部围在菲斯特周围。

菲斯特满脸怒气地走近林禹，林禹勉强抬起头看着他，大口喘息着，"菲斯特少爷，公爵不是我杀的，是……是他陷害我……"他抬手指向阿南，随即无力地垂下。

阿南走了过来，上下打量着林禹，笑道："真奇怪，我既不认识你，又怎么会陷害你？"他倒推得一干二净。

林禹气道："你……你叫做阿南……"他忽然想起，这个名字还是阿南告诉他的，除了将他带出博卡拉岛之外，阿南的一切他竟一无所知，想到这里，那句话倒显得犹疑不定。

阿南哈哈大笑，"我叫阿南？"他指着自己，一脸惊异，仿佛听到不可思议的事。

林禹见他装模作样，气得浑身发抖。

菲斯特有些狐疑地带着询问的眼神看着阿南，而阿南还是笑嘻嘻的，目光有意无意地扫过霍尔克庄园的大管家米赞。

米赞面无表情地走出人群，向阿南鞠躬，"二少爷！好久不见。"

十二爵士堡的人和林禹都大吃一惊。

米赞却仍板着脸，不过对任何人他好像都没有给过好脸色，"二少爷，老爷很惦记您呢！"

"哦？"阿南笑道："我还真是受宠若惊呢！你回去告诉公爵大人，我有空一定会回去探望他老人家的。"阿南满面笑容，但谁也没有注意到他的眼睛里竟有一丝冷冰冰的恨意一闪而过。

菲斯特走出人群，向阿南点点头。

"原来是霍尔克庄园的维玛克少爷，多谢你伸出援手。"说完，又狠狠地踢了林禹一脚，"这小子竟敢诬陷你，真是不自量力！"

林禹痛得蜷缩成一团，但是他仍然艰难地抬起头说："是……是他杀了公爵，我……我亲眼见到的。"

菲斯特勃然大怒，"你是什么人，自己来历不明还想诬陷霍尔克庄园的维玛克二少爷，你是不是活得不耐烦了！"说这话的时候，他的眼睛似乎瞄着维玛克。

大家的目光不约而同地集中在阿南身上，阿南一笑之后，难得的正经起来，"我刚刚才和我的侍童从瓦伦港口过来，正想来拜访贵堡主，没想到却发生了这种事。我感到很遗憾，但我说的绝对都是实话，我可以对天发誓。"

他迅速抽出剑，右手高举，剑尖向上，"我以魔法大陆最伟大的坎奇圣骑士的名义发誓，如果我有半句谎话，让全天下最可怕的疾病降临在我身上。"接着，他念了一串咒语，剑尖微有红光一闪，旋即消失。

坎奇圣骑士是百多年前最出名的骑士，不只在凤影大陆，在整个魔法大陆他都是一个最神圣

思　雅（索伦·安道尔的女儿，哑女。她美丽、善良）

　　而小姐思雅的房间还亮着一盏小灯，她在房里来回踱步，神情苦恼。一缕幽幽情丝已密密地缠附在林禹身上的她，今天，心似乎已支离破碎。看见林禹苍白而毫无血色的脸庞，看着他毫无知觉地成为阶下囚，她的心痛苦得一阵紧缩。

的存在，等同于神灵的地位。今日阿南以他的名义发誓，任何人都会深信不疑。

众人见他说得那么恶毒，莫不惊呼出声。

其中一名贵族走出来说："维玛克少爷，其实您不必这样，您是霍尔克庄园的高贵骑士，没必要为这个来历不明的人背上毒誓，我们都相信您的高贵品德，骑士是不会说谎的。"

阿南连忙微笑着向他道谢，目光迅速扫过米赞，管家的眼里闪过一抹不以为然的神色。若论天下间谁是最了解阿南的人，这位大总管当属其中的佼佼者。

林禹气得七窍生烟，这个卑鄙的混蛋搞不好连灵魂都可以卖给魔鬼，发这样的毒誓对他来说只是放个屁而已。

殊不知，此时阿南却在心里暗笑。毒誓里说，如果他有半句谎话会怎么样怎么样，可是他从头到尾就没一句实话，可不只有半句。他在心里哈哈大笑，得意非凡。

人有时候就是这样，说实话没人相信，谎话连篇，却偏偏有人深信不疑。

阿南装出沉痛的神色，假意问起事情的发生过程，几位贵族当场七嘴八舌地说起来。

阿南点点头，"嗯……你们是说……呃……

你们进去的时候看到只有公爵和林禹两人在书房里？"他似乎有意无意地加强"只有两人"这四个字。

菲斯特一下子皱起眉头，脸上青一阵白一阵，神色古怪至极。

几位贵族脸上忽然出现了恍然大悟的神情，有的人脑中甚至浮现一幅安道尔公爵逼奸美少年，而美少年英勇抗暴，抵死不从的香艳画面，脸上不禁露出暧昧之色。

阿南看着几位贵族的滑稽嘴脸，暗暗好笑，原来索伦喜爱男色的秘密早已不是秘密。

菲斯特有些恼羞成怒地狠狠踢了林禹两脚，可怜的林禹哼都没哼一声就晕过去，但在晕过去的那一刹那，他认出了阿南身后的侍童，其中一个正是在十二爵士堡中带自己到书房去的仆人，可惜……很快地他就沉入黑暗之中。

夕阳西下，一天快要过去，宴会也因为发生意外而草草结束。

生日宴会变成丧礼，乐极生悲，莫过于此。

不过，这个宴会惟一成功的地方恐怕是：很多年以后，每一个参加过宴会的客人还是会记忆犹新吧！

菲斯特讪讪地带着林禹和大队人马回堡。

米赞走的时候冷冷地扫了阿南一眼，就再也没回头。

夕阳很美，几只飞鸟远远地掠过地平线。

阿南独自站在树林边沉思。

好久没有听到维玛克少爷这个称呼了。

维玛克·霍尔克这个名字对他来说早已没有任何意义，那么剩下的还有什么呢？

时光飞逝，他早已不是当年在霍尔克庄园，那个天真无邪、活泼可爱的二少爷了！

双拳紧握，指节发白，阿南英俊的五官渐渐地扭曲，竟变得无比狰狞可怕。

然后他双手抱头，慢慢地坐下来，每次一想到这个，痛苦就会像潮水一样将他淹没。

痛苦的感觉越来越沉重，在他心上重重压迫，直到呼吸困难，心跳迟滞……

他觉得自己的心胀得无限大，大得好像已填满整个宇宙空间，而这无限大的心里面，所涨满的只是痛苦、痛苦、无边无际的痛苦！

他什么都听不见，什么都看不见，早已没有一滴眼泪，没有一丝情感，也失去所有希望，甚至没有一点梦想。无所谓动，也无所谓静，只有一种向下沉沦的感觉，沉沦……朝着无底的痛苦深渊沉沦。

第三章　友情陷阱

不知什么时候，夜色渐渐笼罩天地万物，在上下前后左右都是墨一般的黑暗里，他不知道自己是否仍在继续沉沦，他所知道的是那沉重的、无边的、刻骨的、不惜一切代价的仇恨！他的心中只有仇恨！

深夜　十二爵士堡

索伦·安道尔的丧礼后，堡内恢复了往日的宁静，除了菲斯特少爷的称呼变成堡主外，好像没有发生过什么事。

而小姐思雅的房间还亮着一盏小灯，她在房里来回踱步，神情苦恼。一缕幽幽情丝已密密地缠附在林禹身上的她，今天，心似乎已支离破碎。看见林禹苍白而毫无血色的脸庞，看着他毫无知觉地成为阶下囚，她的心痛苦得一阵紧缩。

这个人杀了她的父亲？不！她绝不相信！他是那么温和，甚至还有些羞涩，他怎么会做出那样可怕的事？少女的心总是不需要任何理由便会偏向她心中的情人。不知过了多久，她好像决定了什么，她吹灭灯，走出房间，随手轻轻地带上门，警惕地左右看了看，就沿着右边回廊轻盈地走去。

一条黑影不知从哪里跳了出来，小心地环视

一下四周，然后尾随着思雅的身影而去。

思雅迅速地穿过无数曲折的回廊，来到一间看上去很普通的房间，她掏出钥匙小声地打开门走进去。

屋内像是小型书房，有几排小书架。

思雅走到最后一排书架前，用手把其中一本书小心地抽出一小半，整个书架立刻"喀喀"的轻响两声，然后向一旁滑开，露出一条甬道，甬道两边的墙上闪着黯淡的灯光。

思雅闪身进去，沿着甬道一直走，好一会儿才走进一间小房间。

房间里光线昏暗的，没有点灯，只有从甬道传来的黯淡微光。

房间里空荡荡的，什么都没有，只在右边有一根粗粗的柱子，而柱子上赫然是用铁链绑着的林禹。

林禹神情坦然，好像没有一个阶下囚应该有的感觉。这样的遭遇反正也不是第一次了，惟一让他感到痛苦的是，他不明白为什么命运会一再地捉弄他？

似乎听到了脚步声，林禹抬头看到思雅时有些吃惊，但很快地，他也看到思雅身后的人影，是阿南！

第三章 友情陷阱

林禹还来不及出声，阿南便飞快地一掌劈在思雅的脖子上，接着思雅的身体软倒在地。

阿南飞身上前捂住林禹的嘴，"别叫，我是来救你的！"

林禹对他怒目而视，张口就咬，阿南急忙缩手，笑嘻嘻地道：

"别急！我真的是来救你的，你答应帮我办件事，难道想食言吗？"

林禹想到阿南终究也算是救过自己，稍微冷静下来，但仍半信半疑地看着他。

这个阿南到底在搞什么鬼？

他皱着眉头问："那你干吗打晕思雅？"

阿南嘻嘻一笑，"这丫头呀！怕是动了春心，八成是想要和你私奔。不打晕她，难道你要带着她双宿双飞吗？"

林禹涨红了脸，瞪了阿南一眼，却见阿南在思雅身上摸来摸去，"你在干什么？"

阿南抬头，"找钥匙开锁呀，我亲眼看到她从菲斯特的房间偷了钥匙。"

林禹皱皱眉，没好气地道："没用的，这条铁链上根本就没有锁，钥匙能有什么用？"

"是吗？"阿南吃了一惊，这倒出乎他意料之外。

他连忙走到林禹身边，仔细地摸着铁链，"那你是怎么被锁上去的？"

"我怎么知道？我一醒来就变这样了。"林禹含着怒气说。若不是阿南，他怎么会落到这个地步。

阿南也不说话，仔细地摸完铁链，果然没有摸到锁。他不由得咒骂几声，皱眉想了一下，然后掏出一把短剑开始撬铁链。

撬了许久，连短剑都已经弯曲不成形，可是铁链却丝毫未损。

林禹见他撬得满头大汗，一脸着急，霎时对他的恨意减弱了几分。

"你能不能把你的真气输给我一些，我也许有办法。"林禹提议。

虽然过了两天，但这次伤得实在太重，体内的月踪真气太弱，需要外来的真气协助运转，他还记得阿南的真气给他一种很舒服的感觉。

阿南二话不说，手掌立刻贴上林禹的背部，暖洋洋的真气顺着经脉，缓缓地进入林禹体内。

林禹闭上眼睛，阿南的真气推动着残余的月踪真气缓慢地开始运行，四散在经脉各处的真气慢慢凝聚。过了一会儿，他的十指开始喀喀作响，蓝色幽光忽现，两手一挥，铁链"哗啦啦"

地连响，顿时断成数截掉在地上。

阿南惊呼一声，林禹见他满脸艳羡之色，有点好笑。

忽然林禹双脚一软便要摔倒，阿南连忙上前扶住，"怎么啦？"

林禹挥挥手，"没事，只是真气使用过度，有点无力。"他看看地上的思雅，想起她对自己的一番情意自己却无以为报，心里有些歉疚，"她没事吧？"

阿南笑道，"怎么，还想怜香惜玉吗？放心，她只是晕过去，很快就会清醒的。"

"那我们快走吧！"林禹说着便转身向门口走去。

阿南却一把拉住他的手，"不，我们不走这条路。"

他拉着林禹蹲在正对着出口的墙边，对了一下方位，然后开始在地上摸索。

林禹感到奇怪，"你在干什么？"

阿南也不抬头，边摸边说："你快帮我摸一下，地板上有没有奇怪的凹痕。"

林禹伸手在地板上摸了几下，旋即听到阿南轻叫一声，似乎已经找到了。

阿南从怀中拿出从索伦身上搜出的奇怪石

块，将有凸纹的那一面小心翼翼地对准地面上的凹纹。

因为光线太暗，阿南对了好几次才终于对准，他用力按下去，"砰"的一声巨响，石块霎时发出强烈的黄色光芒，林禹吓了一大跳，阿南却是满脸的喜色。

只见整块地砖无声地滑开，露出一个黑幽幽的大洞。

阿南一声不吭，一把拉着林禹的手一起跳下去。林禹吓得心脏都紧缩起来，身子在空中呼呼地往下掉，过了好一会儿，才"噗"的一声，两人同时摔倒在地，还好脚下是松软的泥土，才没有受伤。就算这样，林禹的双腿还是摔得一阵发麻。

四周黑得伸手不见五指，林禹只好紧紧抓住阿南的手，惟恐两人走散。只听见阿南叽里咕噜念了几句咒语，一簇火苗刹那间闪现在阿南的手指上。火光晃动，照亮了林禹那张满是惊讶的脸，这个世界还真是奇妙呢！

火苗照耀着，前方有一条乌漆抹黑的通道。

阿南一本正经地对林禹说："从现在起，你要紧跟着我。这里可是一座迷宫，你要是走丢了，就再也出不去了。"

林禹皱皱眉，有些不满，"那你为什么不从来时的路走？"

阿南满不在乎地耸耸肩，"那你回去走那条路，我走这条。"

林禹抬头望了望上方，黑幽幽的根本看不到尽头，林禹不会飞，更不知道洞口恢复原状没有，根本就没有选择的余地，气得大骂："你这个混蛋！"

阿南却哈哈一笑，迈开步子向通道走去。

林禹叹口气，无可奈何之下，只好不情不愿地跟上去。

没办法，人大部分时候的命运，都不会掌握在自己手里。

林禹以前居住的世界是如此，现在他身处的这个世界同样如此！

第 **4** 章

无忧之岛

　　林禹看见一名俏丽的少女伫立在湖边。她那极其漂亮的粉紫色长发像波浪一样垂到小腿，眼波柔媚，那美丽迷人的眸子竟然也是粉紫色，长长的睫毛微微颤动，嘴唇比樱桃还要红润。同样粉紫色的纱衣包裹着她曼妙的身躯，好像天地万物的灵秀都集中在她身上，天底下所有的鲜花也比不上她的一分娇艳，连最美丽的精灵族少女也只能成为她的奴仆。林禹的头像是被大槌重重打了一下，嗡嗡作响；心脏在胸腔里开始疯狂地跳动，好像要跳出身体；洁白的面颊布满红晕，连幽黑的眼眸也绽放出炫目亮光。

第四章 无忧之岛

阿南走在前面，微弱的火苗闪烁着，映出他的巨大身影不时地挡住林禹的视线。

林禹看不太清楚，走得很吃力，不满地说："你不能把火苗弄大一点吗？"

阿南也不回头，边走边说："你以为我不想啊，要是在一百年前，就是弄条大火龙给你都不成问题。"

林禹一下子被勾起好奇心，"为什么？"

"自从一百年前，人界和魔界发生大战之后，整个魔法大陆的魔力不知怎么的似乎被禁锢了，所有稍有攻击力的魔法都不能被释放，就是一般的魔法也减弱了大半魔力，从那以后魔法师成了最没有前途的职业，一百年来，魔法师几乎已经消失了。"阿南的声音听起来像是对此感到很遗憾。

真的会有魔法吗？这是个什么世界啊？在林禹的记忆里，魔法似乎只存在于童话里。

"我能够发出这样的火苗已经不错了，大陆上可已经没几个人能做到。"阿南继续说，声音里带着几分得意，"而且，这个迷宫很大，火苗太大的话，我的魔力可支撑不了多长时间。"

"不过，嗯……也许还有一个方法。"阿南忽然回头，笑嘻嘻地对林禹说。

"什么办法？"

"我有个魔法手镯，听说处女或处男戴上去会放出白光。"阿南笑看着林禹。

"呃？嗯……那你还不快拿出来试试？"

"我吗？我是不行的了。"

"嗯……嗯……给……给我试试啦！"

昏暗中，看不清林禹什么表情。

"哦！好！那我找找。"阿南用一只手在身上摸了摸，"哎呀！糟了！我好像忘记带出来。"他转过头笑望着林禹。

林禹一愣，再看到阿南戏谑的眼神，才发觉阿南只不过是在戏弄他，不禁又羞又恼，抬手就要打人。

阿南急忙转身，抱头哈哈大笑着逃走，林禹气急败坏地紧追上去。

两人竟然嘻嘻哈哈、一前一后地在通道里追打起来。

不知道跑了多久，转了无数个弯道，林禹已经走得有些晕头转向。

这时，阿南突然停住脚步，林禹猝不及防地险些撞上他的背。

"你在搞什么？"林禹大为不满。

"嘘！"阿南向他做了个噤声的手势，"不要急，让我仔细看看。"

林禹这才看到前面有一面墙挡住了去路，难道他们走进了死角？更奇怪的是，走到这里，通道里那股难闻的霉味几乎消失了。

阿南高举起手指，火苗明亮了些，照亮面前的墙，墙上似乎有一些古怪的花纹，昏暗中林禹怎么也看不清楚。

却见阿南仔细地在墙上查看、摸索着，林禹不知道他要做什么，只好眼巴巴地看着他。

忽然，阿南好像摸到了什么，不知道他动了什么手脚，一阵奇怪的"嘎嘎"响后，那面墙竟缓缓地向一边移动，厚厚的灰尘立刻扑头盖脸地袭来。林禹和阿南连忙后退几步，烟尘中，两人呛得连连挥手拍打，不停地咳嗽。

好半天，尘埃落定后，出现在他们面前的竟是一间巨大石室。

石室四面的墙壁全都刻画着古怪的符号，还

有几幅像是壁画，画的内容好像是一场战争，黑暗中林禹也没有细看。他的目光很快就被房间正中间的石台吸引住，石台上有一块六角形的红色晶石，像是悬浮在空中，正释放着淡淡的红光，晶石的颜色鲜艳，如此琉璃，隐隐有光华流转，美丽到极点。

更奇异的是，有一个金色的小东西围绕着晶石缓缓转圈。

林禹运足目力，仔细看去，才看清楚那是一个长着一对翅膀的金色椭圆球体，像一只没有头和脚的蜜蜂，扇动翅膀，发出"嗡嗡嗡"的声音，这个情景诡异到极点。

林禹再也忍不住，好奇地问道："那……那是什么？"

阿南却显得镇定得多，"那块晶石有个很好听的名字，叫做幻世流云！而那个嗡嗡叫的金幽浮就是幻世流云的守护使。"

阿南想了一下，忽然转过头，盯着林禹的眼睛，一本正经地说：

"你答应过帮我一个忙吧！"

"帮……帮你做什么？"林禹有种上了贼船的感觉。

阿南微微一笑，"我想要那块晶石，你帮我

引开金幽浮。"

"那……怎么引开它？"林禹有些踌躇，这么奇怪的东西他从来没见过。

阿南笑道："你只要跨入石室，金幽浮自然就会去追你，以你的身手，要想躲开它应该没有问题吧？"

林禹微皱眉，但没有反驳，他对自己的天星步法还是很有信心，"然后呢？"

"然后，我就去拿那块晶石。"阿南指了指对面的墙，"那面墙有一个暗门，我拿到晶石后就去打开它，门后有一个通道，离出口不远，我们就从那儿离开。"

"那个金幽浮怎么办呢？"林禹还是有点不放心。

阿南笑了笑，"不用担心，金幽浮是不会离开这间石室的，你进入那道门后它自然就不会再追你了。"

林禹低头想了想，觉得似乎没有什么问题，于是他冲着阿南点点头，深吸一口气后，闪身进入石室。

果然如阿南所言，金幽浮发现有异，立刻停止转动，然后像一道金色的闪电向林禹飞射而去，发出令人骇怕的嗡嗡声。

林禹吓了一大跳，没想到金幽浮的速度竟是如此之快，不敢小觑。他的天星步立即运用到极致，东躲西闪，一时之间，满屋都是林禹的白色身影和金色闪电。

阿南迅速地跑到石台前，掏出一块羊皮，小心地抓住晶石，然后包起来揣入怀里。接着，快步走到暗门处，也不知他在哪儿敲打一下，不一会儿，暗门滑开，阿南飞快地闪了出去。

林禹见阿南顺利进入通道，便不再和金幽浮纠缠，跟着飞身闪入通道。正准备喘口气时，却听见金幽浮的嗡嗡声尾随而来。

林禹大吃一惊，心中咒骂阿南又骗了他，连头都不敢回，飞快地向通道另一头窜去。惟一感到幸运的是，金幽浮发出的微微金光照亮了通道，让他不至于看不见路而撞到墙。

阿南从角落里走出来，看着林禹和金幽浮远去，心中不停大笑。

他并没有告诉林禹，金幽浮只有在幻世流云还好好待在石室的时候，才不会飞出门。

刚才他一闪出暗门就立刻躲在一旁，因为……他可不认为自己跑得过金幽浮。

阿南扒开草丛，从一个隐秘的洞口钻出来，灿烂的阳光刺得他一时睁不开眼，原来他和林禹

不知不觉已经在迷宫待了大半天。

阿南四处张望，不知道林禹跑到哪儿去了？

忽然，他看见前面的树林里不时闪过林禹的身影，而金幽浮则紧紧地跟在他身后。看见林禹狼狈的样子，他不禁失笑。

"林禹！快离开树林，金幽浮见着阳光，速度就会慢下来啦！"他冲着林禹大喊。

林禹从树林跑出来，在阳光照射下，金幽浮果然慢了下来，再闪个几下，金幽浮彻底停下来，最后双翅一收，"啪"的 掉在地上，变成一个金色椭圆的光滑球体。

林禹一屁股坐倒在地，气喘吁吁，"你……你……这个骗子……"此刻他已经累得连骂人的力气都没有。

阿南笑着从怀里掏出一个小水晶盒子，拣起金幽浮装了进去。然后走近林禹，笑嘻嘻地说："我虽然骗了你，不过那是因为我相信你会没事，你现在不是好好的吗？"

林禹狠狠地瞪他一眼。

阿南又搂搂他的肩膀，赔着笑脸，说：

"好啦！好啦！你可帮了我的大忙，我要好好谢谢你。"

林禹转头不想理睬他，但阿南却嬉皮笑脸地

又哄又劝，又是连连道歉。

林禹终究还是个孩子，被这个英俊恶魔的花言巧语一番哄骗之后，脸再也板不起来，心里的气也不由得消去大半。

"你跟我走吧，我说过要好好谢你。"阿南把林禹从地上拉起来。

"不用了。"林禹有点不敢相信他。

"这片土地都是十二爵士堡的领地，你不跟我走，难道想东躲西藏地过日子吗？"

"还不都是你害的！"林禹怒气又生。

"好啦！我带你去一个地方，保证你会喜欢那里。"

"什么地方？"

阿南抬头望着远方，眼神迷离，过了好一会儿，才喃喃地道：

"那个地方，叫做无忧岛！"

"无忧岛？"听起来倒是个很不错的地方，不是吗？林禹开始有点向往。但是，无忧岛，真的能让人无忧无虑吗？

瓦伦港是整个凤影大陆最大也是最繁忙的港口，每天有成百上千只大大小小的船只在这里停靠，每天有十数万人路过或者是停留。使瓦伦城

成为整个凤影大陆最具活力的城市。从瓦伦城到港口的一条大道是整个大陆最繁华的街道。

街道边店铺林立。这里三五成群的佣兵和冒险者、高贵典雅的贵妇、天真活泼的少女、牵着瘦马的落魄骑士以及沿街叫卖的小贩随处可见。

空气中充满了一种鱼腥味和各种香料混合在一起而形成的怪味。

现在，这条热闹的街道似乎发生了一起骚乱。而引起这个骚乱的罪魁祸首是两位俊美绝伦的大帅哥——林禹和阿南。

两人从瓦伦城朝港口的方向走来，所到之处，无不惊起一阵轻轻的赞叹和赞美声。

林禹低着头，皱着眉，红着脸，拉着阿南的手，只顾着往前走，而且还恨不得在阿南的屁股踢上一脚，好让这个只知道招蜂引蝶的花花公子走快一些。

而阿南则微笑着左右顾盼，甚至和街边的贵妇少女们眉来眼去，如恶魔般勾魂的眼神，让她们的脸红了一片。

在林禹的努力下，两人总算艰难地走到港口。如果只有阿南一人，只怕走不到几步，他就陷入脂粉堆里出不来了。

这时，港口围着一大群人在对着什么指指点

点，不时发出惊叹声。

林禹感到奇怪，拉着阿南迅速穿过人群。

但是当林禹看到眼前的景象时，张大的嘴巴便再也合不上，因为，他看到了一条船，一条无比美丽、无比豪华、十分与众不同的船。

林禹一时之间找不到合适的形容词来描述它，只觉得自己以前从来没见过，甚至后半生都不会再见到比它更美丽豪华的船了。

整条船不大也不小，造型优雅迷人，船首雕刻着一条美丽苗条的人鱼像，姿态曼妙。整条船都是用大陆最为昂贵的红色橡木制成，每个棱角都装饰着花纹复杂的金边，每个栏杆都雕刻着最精致的各式花纹和美女像，在阳光照射之下，这条船就如同镶着一条条闪闪发光的金芒，像是刚从天堂迷航而来到人间。

而在船下，站着阿南的两位清秀侍从——南星和南月。

"难道这条船是无忧岛的船吗？天呀！无忧岛到底是个什么样的地方啊？"林禹不由得暗自惊叹道。

阿南微微一笑，携着林禹的手，并肩沿着旋梯走上船，南星和南月则恭敬地跟在两人身后。

四周的人群顿时发出一阵阵艳羡的惊呼声。

这样不平凡的船也只有这样出色的主人才配得上吧！

船上的房间更是无比的豪华美丽，和皇宫里最美丽的房间相比也毫不逊色。

林禹真的是大开眼界，看得眼花缭乱。他东摸西摸好一阵之后，忽然发现一个问题，在这样大的船上，算上阿南的两个侍从，也总共只有四位乘客，连水手都没见到一个。

阿南听到林禹提出的问题，忍不住哈哈大笑道：

"这艘船是用魔法晶石发动，什么都不用管，它会自动带我们去无忧岛。"

"哦？"竟然这么神奇！林禹不由自主地想起他飘行车上的自动导航系统。

忽然，他发觉自己已经很久没有想起那个世界，心中的痛苦也在慢慢淡化，心脏也不再像以前那样一想起过去的事就会出现阵阵抽痛。谁说遗忘不是一种幸福？而学会遗忘都是因为遇到了阿南。

船起航了，阿南站在甲板上，看着远处几只海鸥掠过海面，其中一只探出爪子，溅起几朵水花，抓起一条鱼儿飞上高空。

唉，连海鸥都是如此逍遥自在、自得其乐，

而自己呢？在太多的负担、太重的束缚下，他何时才能够展翅高飞呢？

他脸上浮起苦笑，望着无忧岛的方向，眼神迷茫，说不清楚是向往还是厌恶！

林禹慢慢走到阿南身边，望着远处的水鸟，眼中也有一丝迷茫。

"无忧岛，那是一个什么样的地方？"他幽幽地问。

"那是……一个能让你实现任何愿望的地方。"阿南笑了一下。

"哦？会有这样的地方吗？"林禹回过头来，有些吃惊地看着阿南。

"世界很大，什么样的地方都有，你去了就会知道。"阿南并没有回头，仍然看着远处。

但是，他在心里叹了一口气，因为，他还有一句话并没有告诉林禹，无忧岛是一个能实现任何愿望的地方，但也是一个让人失去所有梦想的地方！

得到和失去本就是一体的，没有得到，也就无所谓失去，得到的越多，相对失去的也就越多。至于到底值不值得？也许，每一个人心中都有自己的答案！

林禹想了想，摇摇头，又继续说："我有一

个问题一直没弄明白。"

"什么事？"阿南感到奇怪。

"嗯，我听说索伦·安道尔的武功非常高强，是这样吗？"

"是啊！"阿南忽然有种不祥的感觉。

"那你是怎么利用我杀了他的？"林禹的目光一片清澈。

"呃……嗯……这个嘛……"阿南的脸色有些古怪，"嗯……说来话长，还是到无忧岛上我再告诉你吧，现在呢！我有点累了，先回房啦。"说完便落荒而逃，留下一脸惊愕的林禹。

阿南匆忙逃回房间，那一瞬间他已在心里发誓，这个秘密他一定要带进棺材里，绝不能告诉林禹。一想起林禹可能会用那恐怖的幻魔爪追杀自己，他就不由自主地打了个冷颤。

为了守护这个誓言，忐忑不安的阿南不得不早晚两次向他知道的所有神灵，甚至是恶魔祈祷。祈祷林禹早日患上……健忘症！

到无忧岛需要十几天时间，在这些日子里，林禹觉得很快乐，而且从来没有这么快乐过。

阿南常常想尽办法捉弄他，常气得他哇哇大叫，在甲板上跑来跑去地追杀他；有时又会像哥哥一样讲故事给他听，他很会说笑语，常逗得林禹大笑不止。

林禹还不知道无忧岛是个什么样的地方，在他的想象应该是很不错的地方，因为至少在去无忧岛的路上，他的日子已经是过得无忧无虑、开开心心了。

这样的日子又不知道过了多少天。

这天早上，林禹起了床，像往常一样一把推开阿南的房门，那个家伙是个大懒鬼，每天都要自己叫他起床。

但是今天，床上却没有人。

奇怪，他会跑去哪儿？林禹找遍船上的各个角落，别说阿南，连侍从南星、南月都不见人影，一时之间，林禹有些慌了。

忽然，船外传来几声清脆的鸟叫，他立刻冲上甲板，放眼看去，天啊！他大吃一惊，原来船早已靠岸，在他面前出现的是一个美丽到不可思议的岛屿。

岛上绿树成荫，碧草如茵，一片云雾缭绕，宛如仙境。

美丽的沙滩上一群梅花鹿悠闲地踱步，毫不怕生，远一点的是一大片结满累累果实的不知名果树，间杂着开满绚丽鲜花的花树，漂亮的鸟雀

在林间跳跃、歌唱和飞翔。

这里，是天堂还是人间？林禹兴奋地跳下船，向森林里开满鲜花的小路走去。

他随手摘了一颗红红的果子咬了一口，汁水横流，异香扑鼻。

他一直向前走去，路边开满鲜花，不时有小动物跳出来，又惊惶地逃走。

不知道走了多久，他停住脚步，在他面前出现了一个湖，碧波荡漾，烟波浩渺，美不胜收。

忽然他像被人点了穴一样地僵住了。

林禹看见一名俏丽的少女伫立在湖边。

她那极其漂亮的粉紫色长发像波浪一样垂到小腿，眼波柔媚，那美丽迷人的眸子竟然也是粉紫色，长长的睫毛微微颤动，嘴唇比樱桃还要红润。同样粉紫色的纱衣包裹着她曼妙的身躯，好像天地万物的灵秀都集中在她身上，天底下所有的鲜花也比不上她的一分娇艳，连最美丽的精灵族少女也只能成为她的奴仆。

林禹的头像是被大槌重重打了一下，嗡嗡作响；心脏在胸腔里开始疯狂地跳动，好像要跳出身体；洁白的面颊布满红晕，连幽黑的眼眸也绽放出炫目亮光。

少年林禹的初恋啊！竟然来得如此令人措手

不及，即使他用尽全身的力量也无法掩饰半分。

少女向林禹微微一笑，露出晶莹剔透的洁白贝齿，"你是阿南请来的客人吗？"她的声音比世界上最会歌唱的百灵鸟还要好听千万倍。

林禹早已被这天籁之音吸引住了，"啊……啊……是的……"

"欢迎你来到无忧岛！"少女说完一笑，转身欲走。

林禹连忙说："呃……请问你知道阿南在哪里吗？"

少女指着右边一条小路，"你沿着这条路走，就会找到他了。"说完，低头一笑，转身沿着湖边走去。

林禹呆呆地看着她曼妙的背影，直到她的身影渐渐消失不见，他才茫然回首，若有所思。

林禹沿着少女所指的小路走没多久，眼前豁然开朗。面前是一栋白色的大房子，雕栏玉砌，无比的华贵美丽。

大门正敞开着，见没人前来阻拦，他径直走了进去，尽管他已经有心理准备，还是被屋子里的奢华美丽吓了一大跳。

巨大的水晶灯绽放着七彩光芒，一张豪华的大桌子摆在大厅中央，上面放着两只水晶花瓶，

插着美丽鲜花。连最最简单的喝水杯子都是用上等的水晶制成，下半部还镶嵌各种着各种美丽花纹的黄金箔，更别提桌子椅子是如何的华丽奢侈了。但偏偏极度的奢侈之中却丝毫不落俗套，整个大厅弥漫着一种高贵而又典雅的气息。

这里的任何一件东西都足够平常的一家人吃穿一年。林禹实在不敢想象无忧岛的主人到底是何方神圣。

屋子里有几个俊秀的奴仆在擦拭物品，居然没有一个人前来招呼他。不得已，他只好抓住其中一个问：

"阿南在什么地方？"

奴仆微笑着说："您是说南少爷吗？"他指着楼梯，"他在二楼南边的套房里。"

林禹跑上楼，找到房间，看到阿南正坐在沙发上，手抚着额头，脸色阴沉，看起来很不开心。在一起这么久，他还从来没见过阿南会这个样子。

阿南一看到他，脸色马上恢复原状，笑嘻嘻地说：

"你来啦！"

林禹有些生气，"你为什么把我一个人丢在船上？"

阿南耸耸肩，满不在乎地说："你不是找来了吗？"

　　林禹在心里暗暗把不负责任的帽子扣在阿南头上。

　　傍晚，林禹坐在阿南的卧室里，看着阿南从柜子里拿出一套套华丽优雅的衣服扔到床上。

　　他忍不住皱眉，"有这个必要吗？"

　　一整个下午，阿南一直逼着他洗澡、弄头发，还帮他挑选衣服，目的只是为了今天的晚餐，岛主要会见他。

　　"岛主喜欢美丽的东西。"阿南淡淡地说。他抓过林禹，上下打量，然后给他套上一件白色绣银花纹的长袍，镜子里的人漂亮得不可思议。

　　林禹转过头，惊讶地看着阿南，他从来没有见过哪一个男人把红色穿得这么漂亮的。火红色镶金边的衣服象征着热情奔放，把阿南潇洒不羁的俊脸衬托得如此完美。

　　"走吧。"阿南打开门，抓着林禹的手走下楼去。

　　楼下的桌子边有五个坐椅，其中一张已经坐了一个人。当林禹仔细看时，忍不住暗自惊呼。

　　那是一个俊美至极的青年，他纯净的青色长发整齐地披散在背上，脸像是用上好的白玉雕

成。穿着一件青色的华贵长袍，整个人透着高贵和优雅的气质。面容虽然并不冷漠，却散发着一种拒人于千里之外的气息。

他垂着眼皮，看着面前的一本书，白皙的手指在翻书页时，一举一动都是无比的优雅迷人，显示着他所拥有的良好教养。任何人看到他，都一定会以为他是一位高贵的王子。

林禹在他对面的坐椅坐下，那位俊美青年抬起头看了他一眼，又面无表情地垂下去。但仅那一瞬间，林禹已看到他的眼瞳竟然跟他的头发一样是青色的，完全纯净的青色，最昂贵的青宝石也不过如此吧！

阿南坐在林禹的旁边，冲着他笑了笑，然后向那位俊美青年努了努嘴，说：

"这位是阿东。"

阿东好像极不情愿地抬起头，对林禹说："嗯，你好。"然后又迅速地将视线移回到他的书本上。

林禹的那句"你好"因此卡在喉咙里，说也不是，不说也不是。

阿南笑笑，"别理他，他就这个样。"他看见林禹盯着阿东旁边的座位，那个座位前同样摆着精致的刀叉和餐盘，但座位上却没有人。于是对林禹说：

"那是阿西的座位，他现在不在这里。"

林禹在心里默默盘算，阿东，阿西，阿南……那自己坐的不正是阿北的位子吗？

但是他还没来得及细想，大脑就已停止了运转。因为，他看到了他的初恋情人，那位美丽的粉紫色长发少女正走进来。

少女腰肢轻摆，坐在主位上，难道她就是无忧岛岛主！

阿南和阿东几乎同时站起身，向那位少女微微弯腰，齐声叫着："紫小姐！"然后两人安静地坐下来，对于少女的美貌仿佛视而不见。

仆人们开始送上精美的菜肴，精致的银盘很快地摆满桌面。

林禹却对菜肴视而不见，只是呆呆地望着少女。少女对林禹甜甜一笑，如百花绽放，美妙的声音再次响起，"你叫林禹是吗？"

"啊……是……是的……"

"欢迎你加入无忧岛！"

"啊……是……"

"你以后可以住在二楼北边的套房里。"

"啊……好……"林禹似乎只会说这几个字。阿东略感诧异地抬头扫了一眼林禹，又迅速

低下头。

阿南自顾自地喝着咖啡，好像早就知道紫衣少女要说这些话。

他只是对林禹的表现感到好笑。他脸上浮现笑容，但眼神里却飞快地掠过一丝悲哀。是悲哀吗？是吗？不是吗？

可惜，林禹根本没有注意到这一切。

前往无忧岛 （这艘豪华的商船引来许多美慕的眼光）

　　整条船不大也不小，造型优雅迷人，船首雕刻着一条美丽苗条的人鱼像，姿态曼妙。整条船都是用大陆最为昂贵的红色橡木制成，每个棱角都装饰着花纹复杂的金边，每个栏杆都雕刻着最精致的各式花纹和美女像，在阳光照射之下，这条船就如同镶着一条条闪闪发光的金芒，像是刚从天堂迷航而来到人间。

第5章
紫魅魔影

　　房间里又沉默了好一会儿，紫魅儿的脚步声才向门边走来。林禹听到这里连忙收回萤火虫。他坐在床上，心里诧异万分。阿南平时风流洒脱，天不怕地不怕，是个什么事都干得出来的人，竟然在紫小姐面前乖得像小猫咪、而那冰冷入骨的声音竟是由那千娇百媚的紫小姐发出来的吗？她⋯⋯到底是什么人？

第五章　紫魅魔影

少女笑着对林禹说："我叫紫魅儿，你可以叫我紫小姐。"

林禹甩甩头，竭力控制住自己的紧张，"紫小姐！"他叫了一声。

"嗯！"紫魅儿似乎很满意，微笑着说："你如果需要什么就跟我说，我会帮你办到。"

林禹也恢复了些理智，他仔细想了想，摇摇头说："我现在不想要什么。"

"怎么会？"紫魅儿惊讶地睁大她漂亮的眼睛，似乎不相信，"人，不是都会有欲望的吗？你怎么会没有？"

林禹再想了想，还是摇摇头。

"这样吧，我们换个说法。"紫魅儿微笑着，但仍不放弃，"你能告诉我，你的愿望是什么吗？真正的愿望！"

"愿望啊？"林禹想了一会儿，在这个世界里，他孑然一身，能有什么愿望呢？忽然像是想到了什么，他眼睛一亮，"对了，我的愿望是环游世界，嗯……所以，我不能在这里待太久，谢谢你！紫小姐。"

"哦？"紫魅儿皱皱眉，好像对这个答案不太满意。

但是她还是笑了，笑得更加妩媚，更加甜。她盯着林禹的眼睛，声音很有磁性，"这是你真正的愿望吗？真的吗？你再想想，人类有时候并不知道自己真正想要的是什么，你真正的愿望到底是什么？你再好好想想……再想想……"

林禹望进紫魅儿漂亮的粉紫色眼眸，那一双美眸好像在他面前越来越大……好美的眼眸，好美……他有点迷糊了，有那么一瞬间他几乎失了神。

林禹甩甩头，促使自己清醒过来，看见紫魅儿正笑吟吟地望着他。

"你真正的愿望是返回你原来的那个世界，对吗？"

宛如晴天霹雳，林禹震惊得跳起来，"你……你……怎么知道？你对我做了什么？"他的声音微微颤抖着，忽然想起刚才似乎有一阵迷糊，他恍然大悟，又惊又怒，"你……你刚才催眠了我，是不是？"

紫魅儿娇嗔地瞪他一眼，"别这么激动，我说过，人有时候不知道自己要什么，我如果不催眠你，又怎么知道你真正的愿望是什么呢？"

林禹颓然坐倒，脑子里一片混乱，他已经很长一段时间没有想起那个世界了，他以为自己就快要忘记了，难道在自己的潜意识里，还是一心想着要回去吗？那里还有什么东西会让他放不下呢？

"你的精神力还真是很强大呢！"紫魅儿娇声抱怨：

"你看看，把我弄得好累呢，人家好心帮你，你却还要恼我，真是好心没好报！"

林禹这才注意到紫魅儿面色酡红，额头前的头发被香汗浸湿，看来为了催眠他，她费了不少力气。听她这么说，反倒是自己的不对，他不由得有些哭笑不得。

紫魅儿又笑着说："你想回去原来的世界，我可以帮你！"

林禹有点吃惊，"你能帮我？"

"那有何难！只要你答应帮我做一件事，你想到哪儿都可以，怎么样？我要你做的事既不伤天害理，也不是杀人越货的坏事，你有什么好犹豫的？"

紫魅儿的语气带点恳求，又娇又媚，要拒绝她真是一件很难的事。

　　林禹望着紫魅儿，他还不确定自己真正的愿望究竟是不是要回原来的世界去，但心里却有一个声音在大叫：答应她！答应她！

　　他望着紫魅儿，想了又想。紫魅儿突然凑近他，恳求的眼神表露无遗，他不由自主地嘶哑着应声道："好！"连他自己都不敢相信他已经答应了。

　　紫魅儿笑得如同阳光般灿烂，好象整个屋子都被她的笑容照亮了似的。

　　能看到这么美丽的笑容，早点答应她又何妨！林禹心想。

　　"好！从现在起，你就叫阿北。"紫魅儿很是满意。

　　"不，不要吧，我只是答应帮你做一件事，以后不一定会住这里。"林禹不太愿意，他还是念念不忘环游世界的计划。

　　"那……你就暂时叫阿北吧！"

　　林禹根本无法反驳。

　　"来！阿北，我们干一杯庆祝！"紫魅儿不知从哪里端出两杯酒，递了一杯给林禹。酒杯很漂亮，黄金的杯脚，透明的白水晶映得杯里的红

酒晶莹剔透，光华流转，隐隐透出一抹诡异，但看起来让人垂涎欲滴。

林禹根本没有注意到这些，他高兴地端起酒杯，目光注视着紫魅儿的俏脸，然后一饮而尽。

紫魅儿见他喝了酒，笑得更甜了。

林禹问道："现在你该告诉我让我做些什么了吧！"

紫小姐望住林禹，正色道："你的精神力很强，你的眼睛像深潭一样很有吸引力，你天生就是优秀的催眠师。我要你学习催眠术，然后帮我催眠一个人。"

"呃？就这么简单？"林禹有点不敢相信。

"对！就是这么简单！"紫魅儿妩媚地笑着，"给你三天时间休息，三天以后开始学习。"说完，紫魅儿取下餐巾，除了那杯酒以外，竟什么都没吃就离开了餐厅。

林禹望着她离开，呆了好一会儿。

自始至终，阿南和阿东都没有说一句话，甚至没有看他们一眼。

紫魅儿离去后，阿东也抱着书本离去。

此时，餐厅里只剩下阿南和林禹二个人。

"不对！"林禹忽然叫道。

"怎么了？"

"你们知道我来自另外一个世界。"

"是呀，又怎么了？"阿南不解。

"可是……可是……你们为什么都不感到惊奇呢？"

"为什么要惊奇？"

"因为我来自另外一个世界！"林禹不知道是自己有问题，还是他们有问题。

"哈哈……"阿南大笑，"世界这么大，发生什么样的事都是可能的，为什么要大惊小怪呢？傻瓜！"

这下轮到林禹感到惊讶了，在这个世界，人的接受力还真不是普通的强。

不过他听到阿南叫他傻瓜，感到很生气，"不许叫我傻瓜！"

"我偏要叫，傻瓜！小傻瓜！"

阿南说完便迅速地离开椅子，逃上楼去，林禹立即追了上去。

这两个人又开始玩起猫捉老鼠的游戏。

林禹追着阿南来到阿南的卧室，阿南跑不过林禹，被林禹一把抱住，两个人倒在床上，翻了几个滚。两个大帅哥抱在一起打滚，任谁看了都会觉得很暧昧。好在他们两个好像也察觉到这点，很快地分开了。

林禹的脸红艳艳的，像是要滴出水来。

阿南一把抓住他的胳膊把他拉到门外，"好了，你快回自己的房间去吧，我累了，想早点休息。"

林禹站在门口，仍不忘叮咛，"不许再叫我小傻瓜！"

阿南像在哄小孩子，"好，好，你快走吧。"他将林禹推出门去，关上房门。

然后他慢慢地踱到床边，像所有力气都用尽似的，一下子便倒在床上。双手放在脑后，脸上慢慢浮出苦笑，喃喃地道：

"答应了紫小姐的条件，不是傻瓜是什么？我……不也是个大傻瓜吗？"

想到这里，他的面容慢慢变得无比狰狞，身躯开始微微颤抖，双手紧紧地扣进枕头里抓得死紧，忽然双手一扬，枕头被撕得粉碎，卧室里到处是飘飞的羽毛。

不知道是什么样的仇恨和痛苦让他的脸变得如此狰狞，让他的身躯默默地颤抖。

好半天，他才慢慢平静下来，望着窗外的清冷月光，一丝冷笑出现在他的嘴角。

无忧岛的夜晚是宁静而又安详的，林禹躺在

豪华舒适的大床上却翻来覆去睡不着，脑子里全是紫魅儿的音容笑貌，无论怎样都挥之不去。

心神不定的他难以成眠。反正也睡不着，他决定出去逛逛。不过林禹所谓的出去却不是一般的出去，而是精神力的出游。在原来的那个世界里，爷爷很少允许他出门，精神力的出游便成为他娱乐生活里最重要的一部分。

他在床上盘膝坐好，白色的光芒慢慢聚集在额前，形成一颗白色小球，接着小球飞出窗户，林禹也仿佛置身空中，俯视整个庄园。然后飞向高空兜个圈，无忧岛的美丽夜色的确教人沉醉。

不知过了多久林禹才将小球唤回到窗前，正准备收回精神力时，却忽然发现一个无比美丽的身影进入自己所住的大房子里，是紫小姐！林禹的心登时沸腾起来。哪怕远远地看着她也是一种幸福啊！

小球不由自主地跟在紫魅儿的身后，但林禹知道，紫小姐能催眠他，说明她的精神力绝对不比自己差，因此他小心地将小球缩小成萤火虫大小，远远地跟着紫小姐，看着紫小姐的柔软身躯，走路如弱柳扶风，林禹只觉得心神俱醉。

紫魅儿上了楼，轻盈的身影竟向他的房间这边走过来，林禹突地心跳加快，难道……难道紫

小姐是来找自己的吗？陷入初恋的少年，想法总是一厢情愿。

紫魅儿轻盈的脚步在林禹房门前并没有丝毫停留，而是直接走过去，一直到了阿南的房门前才停下脚步。

林禹感到好似一盆凉水劈头盖脸地浇下来，脸上出现难以掩饰的失望。

紫魅儿推开阿南的房门，走了进去。

林禹想起阿南英俊的面容，忽然心里涌出一股醋意。他忍不住操纵萤火虫也飞过去，但是紫魅儿迅速关上房门，萤火虫被挡在门外了。好不容易发现了一个锁孔，于是林禹操纵萤火虫飞进锁孔。

从锁孔里看进去，正好看见阿南站在床边，却看不到紫魅儿。阿南的脸色苍白，面无表情。

林禹听到紫魅儿的声音。

"为什么违背我的命令杀死索伦·安道尔？"紫魅儿的声音听起来竟是冰冷异常，冷到骨髓，连林禹都忍不住打了个寒颤。

阿南没有说话。

紫魅儿冰冷的声音再次传来。

"哼！你以为你翅膀长硬了？想飞了是吗？如果你这样想，就大错特错了！"

紫魅儿的声音渐渐大了起来，听得出她非常愤怒。

"我只不过做了你曾答应过我的事。"阿南淡淡地说。

"是的，我答应过你，但是索伦怎么死、什么时候死，应该是由我决定而不是你！难道仇恨让你失去了理智吗？"

她继续说："你杀死索伦，坏了我的好事，现在这场战争是打不起来了，你必须给我一个合理的理由！"

听紫魅儿的语气，可以想象得到她此刻一定是声色俱厉。

阿南沉默好一会儿，才说："秘密越少人知道越好。"

这句话在林禹听来有点摸不着头绪，但紫魅儿却听懂了。

"你是说你杀了他灭口？你能保证整个凤影大陆只有他知道迷宫的事吗？"

"我保证！"这次阿南接得很快。

紫魅儿沉默好一阵子，最后叹口气。"好吧，看在你取回魔晶的份上，我就勉强接受你这个理由，不过你最好记住，不要再有下次！"

阿南低下头不说话。

房间里又沉默了好一会儿，紫魅儿的脚步声才向门边走来。林禹听到这里连忙收回萤火虫。

他坐在床上，心里诧异万分。阿南平时风流洒脱，天不怕地不怕，是个什么事都干得出来的人，竟然在紫小姐面前乖得像小猫咪、而那冰冷入骨的声音竟是由那千娇百媚的紫小姐发出来的吗？她……到底是什么人？

林禹躺在床上翻来覆去睡不着，在无忧岛的第一晚，他竟然失眠了。

天快亮时，林禹才刚睡着一会儿，房门轻响，他立即惊醒过来。

两名俊美的侍从走进来，向林禹行个礼，其中一个开口说：

"北少爷，我是北星，他是北月，是紫小姐派我们来服侍您的。"

"北星？北月？"这个紫小姐取名字还真是没创意！

北星、北月开始服侍林禹洗脸穿衣。林禹长这么大，还没有享受过这种待遇，实在有点不习惯。看着北星、北月清秀的脸，忽然想起来，这个岛上没一样东西不美，连仆人们一个个都是眉清目秀，这个紫小姐有收集帅哥的嗜好吗？

"完美主义者！"他在心里给紫小姐贴上了这个标签。

林禹步出房门，大厅里除了几个仆人在忙碌，没有见到阿南、阿东和紫小姐的身影。他找遍各个房间，都找不到阿南，只好下楼，出了大门，向着来时的湖边走去，他还记得他是在湖边遇到紫小姐的。

湖边摆着两张精美的躺椅，其中一张躺着一个人。林禹仔细一看，是阿东。

那位高贵而优雅的王子捧着一本书，目不转睛地盯着书本，周围美丽迷人的景色好像对他毫无吸引力。

林禹走过去。

"你好！"他向阿东打招呼。

阿东抬起头，纯净清澈的青眸在林禹身上转了转，"你好！"他低下头，轻叹了一口气，"你不该来这里。"他淡淡地说。

"呃？为……为什么？"林禹有些不解。

阿东却看着书页，没有回答，好像从来没说过那句话。

"为什么没看到紫小姐？"林禹忍不住又问。

阿东还是没抬头，沉默了一会儿后才幽幽地回答：

"一个生活在黑暗里的人，又怎么能出现在白天？"

林禹皱皱眉，听不懂阿东在说什么，他很快就被眼前的美景吸引。

远处的湖面罩着薄薄晨雾，在清晨的阳光照耀下，散发出五彩波光，美丽得如梦似幻。

"太美了！如果能生活在这里，每天都能看到如此美景，真是别无所求！"林禹不由得有些感慨。

别无所求？阿东微微皱眉，心里暗暗冷笑。如果居住在岛上的人都能够别无所求的话，这个世界将会太平很多吧！

"你是怎么来到这岛上的？"看到美丽的景色，林禹心情很好，他坐在另一张躺椅上问。

"我吗？"阿东抬头望着湖面，眯了眯眼，"我生来就在这里。"

"哦！那你还真的是很幸福啊！"林禹叹道。

幸福吗？阿东在心里冷笑。这个白痴！他在心里骂了一句。

"如果能一辈子生活在这里，无忧无虑，也许，真是一件美妙的事！"林禹望着远处的湖面，有些向往。

居然还有人想一辈子生活在这里？阿东皱

眉，真是个白痴！他又骂了一次。

"那阿南又是怎么来这里的？"林禹又问。

"他啊？"阿东抬起头，美丽的嘴角竟浮出一丝微笑，"他被人追杀得屁滚尿流，被紫小姐救来的。"

"哦？"从高贵的阿东嘴里居然说出屁滚尿流这个词，还真是让林禹感到诧异，不过想到自己追打阿南时，阿南那抱头鼠窜的样子，还真是很贴切，令他不由得哈哈大笑起来。

"那阿西呢，阿西又是怎么来的？"林禹兴致勃勃。

"他呀？"阿东望向远方的湖面，眼中有一丝迷茫，"他……是紫小姐用钱买来的。"

"啊！他……他是个奴隶吗？"林禹很吃惊地看着他。

阿东回头扫了他一眼，似乎有些不悦，"是的！但是谁不是奴隶呢？你和我都是奴隶，只有无奈地接受命运的摆布，我们都只不过是……命运的奴隶罢了！"他淡淡说完，似乎再也不能忍受林禹的问题，合上书本站起来，扬长而去。

林禹愣住，不由得苦笑。是啊，有谁不是命运的奴隶呢？

傍晚，天色渐暗。

像昨天一样，大厅餐桌上坐着林禹、阿南和阿东。阿东还是在看书，他好像一天到晚都捧着书本。

一整天没有看到阿南，林禹正想询问他，却看到紫魅儿姗姗而来，步伐如行云流水，妩媚可人。林禹望着紫魅儿美丽得如梦似幻的脸，怎么也想象不到那冰冷的语调会从那美丽的樱桃小口说出来。不过自从昨夜听到她和阿南的谈话之后，林禹现在见到紫魅儿已经不会头晕脑胀了，这不能不说是一个意外收获。

紫魅儿微笑着坐下，忽然，眉头一皱，俏脸突变，"谁？"

"咯咯咯……"门外传来一阵娇笑声。

"紫妹妹的本事可真是越来越大了呢！"娇媚的声音从门口传来，紧接着一名妖娆女子出现在门口。

这名女子身穿样式简单、做工精细的黑袍，她的身材苗条纤细，但同时又让人觉得她丰满迷人、风情万种，一把深褐色的长发扎成马尾，看起来活泼调皮，而那一双深褐色的眼睛却左右流盼，勾魂摄魄，衬得整张脸妖艳迷人。

"原来是可莉亚姐姐呀！真是难得，怎么会

到我这儿来呢？"紫魅儿笑容满面，娇声问道。

这时候，仆人们搬来了一张椅子，可莉亚款款走进来，坐在紫魅儿的对面。

"听说紫妹妹立了大功，姐姐特地来看看妹妹做了什么，让老师那般高兴呢！"可莉亚眼波流转，把在座的人一一扫过一遍，然后带着笑意的目光停在林禹的脸上。

"唷！你可找到阿北啦，你的眼光可真是越来越好，真教姐姐羡慕啊！"

"姐姐也可以去找啊，说不定还可以找到更好的，何必羡慕妹妹我呢？"紫魅儿微笑着说，笑容里倒有几分得意。

"你这里已经聚集了世上的精英，姐姐哪里还找得到，妹妹这不是在说笑吗？"可莉亚的话里明显带着嫉妒。

这时，一直没有说话的阿东却忽然冷笑一声，"哼！什么精英，只不过是被一群抛弃的人罢了！"白玉般的脸上一片阴沉。

这句话像一根利刺一下子扎进林禹的心里，脸色立刻变得苍白。

阿南的脸色也变了变，阴沉下来。

"你怎么能这么说话！"紫魅儿皱眉，很不高兴。

"难道不是吗？"阿东激动得站起来，英俊的脸上满是愤怒，"阿西在那里受苦，你们却还在这里勾心斗角！"

"你说的是什么话！"紫魅儿也恼怒起来，花容变色，双眼像两把利刃。"你不用把阿西抬出来，你想做什么，我会不知道吗？阿西的事我心里有数，轮不到你插嘴，你给我坐下！想让我教训你吗？"

阿东呼吸急促，双拳紧握，双眼紧紧地盯住紫魅儿，两人对视了几秒钟，最后他强自压下愤怒坐下来，但背脊僵硬，拿着餐叉的手在微微发抖。

可莉亚笑吟吟地看着两人，似乎他们吵得越厉害，她就越高兴。

阿东虽然坐下了，但紫魅儿似乎已没有心情用餐，她沉着脸，勉强笑说："可莉亚姐姐既然来了，就留下来用顿便饭吧！小妹就不奉陪了，你们慢用！"说完，她抛下餐巾站起来，转身离开餐厅。

阿东见紫魅儿离开，也站起来，拿起书本转身上楼。餐厅里只剩下可莉亚、阿南和看得发愣的林禹。

可莉亚忽然站起来，笑眯眯地走到林禹身

边，猛地一把抱住他的双肩，柔软而有弹性的身子紧紧贴住林禹，娇媚地说："好弟弟，陪陪姐姐好吗？"

林禹大吃一惊，满脸通红，急忙站起来，用力挣脱她的双手，连连后退。

可莉亚娇笑着还要上前纠缠林禹，阿南忽然站起来挡在林禹身前，狠狠瞪着可莉亚，"可莉亚！阿北是我的朋友，你要是敢动他，别怪我不客气！"

可莉亚见阿南神情严肃，一副要翻脸动手的样子，迟疑了一下，还是止住脚步。"哼！"她冷笑一声，"好，我们走着瞧！"说完，头也不回地走出大门。

林禹惊魂未定，"她……她是谁？"

"她是紫小姐的师姐，她很危险，你以后见到她，要尽量躲开。"阿南淡淡地告诫林禹，转身也上了楼。

只留下林禹皱着眉，站在原地发呆。

转眼间三天过去了，林禹按照紫魅儿的要求开始学习催眠术。

三楼有一个巨大的书房，林禹首次推开门进来的时候，大大地吓了一跳，他从来没有见过这

么多的书。

他找了几本有关催眠的书来读，催眠术是运用暗示等手段让被催眠者进入催眠状态，是能够产生神奇效应的一种法术。

催眠是以人为诱导，例如放松、单调刺激、集中注意、想像等引起的一种特殊的类似睡眠又非睡眠的意识恍惚状态，其特点是被催眠者自主判断、自主意愿行动减弱或丧失，感觉、知觉发生歪曲或丧失。在催眠过程中，被催眠者遵从催眠师的暗示或指示，并做出反应。

虽然看起来复杂，但对于精神力强大而又了解大脑结构功能的林禹来说，简直易如反掌。他只需要将精神力分出一束，通过人的眼睛，进入大脑中主管睡眠的下丘脑，将脑细胞的细胞膜内外的正负电离子颠倒一下，使脑细胞呈现低电压，被催眠者就会进入半睡眠状态。

因此，懂得原理之后，林禹对那些有关催眠的书再也不屑一顾，他现在需要的是一个试验品，他想要打探一下有关无忧岛的事。这个无忧岛并不像表面看来那么简单，似乎还隐藏着很多不为人知的秘密。

第一个试验品是他的侍从——北星。

傍晚，用完晚餐后，林禹就迫不及待地将北

星叫进自己的卧室。

北星走进房，向林禹行了一礼，当他抬起头看向林禹时，只觉得林禹的双眼目光灼灼地盯着他，幽似深潭，闪着妖异的白光，他愣了一下，很快地就觉得脑袋迷迷糊糊，接着眼神迷离，神志一下子就变得涣散。

林禹双眼的目光紧锁住北星，就像他所预想的一样，精神力从北星双眼进入大脑，他很快地找到下丘脑，在脑细胞里调换电离子。过程说来很慢，但实际上速度快如闪电。因为信息在神经细胞之间的传递是相当迅速的，指令从脑细胞传到手指末梢，只需要万分之一秒，所以北星在不到半秒的时间就被催眠了。

在这个世界，恐怕只有林禹能达到这个恐怖的速度吧！

林禹想了想，开始问："你叫什么名字？"

"北星。"北星的目光呆滞。

"你多大了？"

"十六岁。"

"你什么时候来到无忧岛的？"

"嗯……五……五岁。"北星偏头想了想。

看起来还很顺利，林禹准备开始问他比较关心的问题。

"岛上都住了哪些人？"

"紫小姐……东少爷……南少爷……西少爷……嗯……还有北少爷。"看来他最后才想起林禹。

"东少爷是什么人？"林禹接着问。

"嗯……东少爷是……是……东少爷。"北星似乎很为难。

"东少爷是什么时候来无忧岛的？"林禹尽量让自己有耐心。

"呃……"

"东少爷和紫小姐是什么关系？"他换了一个方式问。

"东少爷是……是……少爷，紫小姐是……是……小姐。"北星喃喃地说不出话来，似乎很困难。

林禹翻了个白眼。"南少爷是什么人？"林禹不愿放弃。

"南少爷是……南少爷。"又是一个没有营养的回答。

林禹无奈地叹了口气，连西少爷是谁也懒得问了，直接问他最关心的问题："紫小姐是什么人？"虽然这才是最重要的问题，但林禹根本没有抱多大的希望，八成北星又会说"紫小姐是紫小姐"吧！

"呃……"

北星久久没有回答，他脸上浮现深思的表情。忽然，他的五官扭曲起来，竟浮现出痛苦而恐惧的神色，然后大叫一声，摔倒在地。

林禹大吃一惊，连忙上前扶起北星，见他只是晕过去，才稍稍放下心。心里暗暗惊讶，自己的精神力一直很平稳，而问到紫小姐的时候，北星的脑细胞的生物微电流一下子狂乱起来，脱离自己的控制。

到底是怎么回事？

林禹想了一会儿，还是不甘心。他把北星拖到书房，扶他睡在躺椅上，然后又把北月叫进卧室，同北星一样，很快催眠了他。

刚开始是同样的问题，北月也回答得如北星一样顺利。

林禹不敢再问有关紫小姐的问题，他换了一个问题。

"可莉亚是什么人？"

"可莉亚是……是……巫女。"

巫女？那是什么？林禹不解，直接就问："巫女是做什么的？"

"巫女……摄……摄魂……死人！好多死

人！"北月忽然双目圆睁，神色惊恐至极，浑身颤抖不停，房间里一下子变得阴森森的。林禹不禁头皮一阵发麻，连忙加大精神力的控制，北月脸上恐怖的神色才慢慢地平复下来。

他皱眉略微沉吟，又继续问："紫小姐和可莉亚的老师是什么人？"

"呃……"

同样一阵沉默，北月似乎在使劲想，然后，竟同北星一样，脸上浮现出痛苦而恐惧的神色，大叫一声后晕过去。

林禹无奈地叹口气，天啊？这到底是个什么世界？

此后，林禹想尽办法找到岛上所有的侍从，一个个催眠他们，但得到的答案却与北星、北月如出一辙。只要问到与紫小姐或者紫小姐的老师相关的话题，被催眠者无不大叫一声晕过去。十多天过去，他没有问到他想知道的答案。

他也不是没想过催眠阿南。但有一天阿南把他叫到跟前，恶狠狠地对他说：

"你学会了催眠术，可不许擅自用到我身上，如果未经我的允许对我催眠，我会杀了你！"阿南说得咬牙切齿，林禹打了个寒颤，只得急忙答应。

他哪里知道，阿南最怕林禹询问他怎么杀死索伦的事，一想起林禹的幻魔手，他有好几个晚上都睡不安稳呢！

而想催眠阿东更是高难度，阿东的眼睛一天到晚盯着书本，根本连下手的机会都没有，而且他也没有把握能催眠阿东，因为他发现阿东和紫魅儿一样，让他看不出深浅。

这天晚上，几个人又像往常一样，坐在餐桌前。阿东和阿南照例不怎么说话，紫魅儿却对林禹语笑嫣然。

闲聊了一会儿后，紫魅儿忽然正色对林禹说："你学会了催眠术，也应用得得心应手了吧？明天你和阿南就离开无忧岛到斯图尔大陆去，完成你答应过我的事。"

斯图尔大陆是魔法大陆的一部分，整个魔法大陆分为凤影大陆、斯图尔大陆和万神大陆。三块大陆距离很近，甚至有一部分陆地是相连的，像一枝三叶草。而坦桑大陆则离魔法大陆相当遥远，面积也相当于三块大陆的总和。

紫魅儿又接着说："明天你和阿南回凤影大陆去，到瓦伦港找船去斯图尔，然后，阿南和阿西会告诉你下步该怎么做，明白吗？"

111

　　林禹点点头，心里却有些忐忑不安，紫小姐怎么会知道我的催眠术应用得得心应手，难道她知道我催眠侍从的事吗？她又怎么知道的呢？

　　晚餐在林禹不安的心情下结束，紫魅儿没再说什么。

　　林禹望着紫魅儿的俏脸，不知道为什么总觉得她实在是高深莫测。

　　为什么她长得这么美丽，但现在自己看到她，心底却不住地涌出寒意？

第 6 章

真相大白

　　"米赞大管家！"阿南心中惊呼，身子向一旁急闪，短剑随即刺向伸来的手臂，但米赞速度极快，使得阿南一剑刺空，身影闪避不及，掌力结结实实拍在阿南左肩。刹那间一股寒冷刺骨的真气进入阿南体内，阿南觉得全身都被冻僵，打了个寒颤，体内真气立时反扑想驱除这股冷气，但突然一阵头晕目眩，体内真气竟然提不起来。阿南软软地坐倒在地，在那一瞬间，他明白了，门把上有毒！

第六章 真相大白

瓦伦港还是和往常一样繁荣热闹，来来往往的行人将港口堵得水泄不通。

林禹和阿南的到来不免又引起了一阵骚动，不过现在的林禹已经习惯了。

两人一下船，就分头去找驶往斯图尔大陆的船只。阿南站在一面墙前，望着墙上的一张告示，皱着眉，沉思良久。直到林禹一把拉住他，他才猛然从沉思中醒来。

林禹满脸兴奋，"走吧，在那边第二个码头有一艘船要到斯图尔，马上就要开船了，我们正好赶上。"

阿南却摇摇头，"不！我们不走水路，我决定走陆路。"

林禹傻了眼，"这样做，紫小姐会不会又责怪你啊？"

阿南狐疑地盯住林禹，"你什么时候见过紫小姐责怪我，你知道些什么？"

林禹发现自己说漏了嘴，一下子满脸通红，简直就是在大声告诉别人：我心里有鬼，快来问我吧！

　　禁不住阿南一番追问，林禹只得把在无忧岛的第一晚用精神力偷听阿南与紫小姐谈话的事说出来。

　　阿南沉思半晌，他心里倒没有责怪林禹偷听他们谈话，只是想：原来精神力还有这种功用，那么……

　　他抬起头，笑嘻嘻地说："放心吧，我有把握小姐不会责怪我们，跟我走吧！反正小姐告诉你一切听我的，要怪也怪不到你的头上。"

　　当下两人雇了一辆马车，向大陆深处驶去。

　　马车一路急驶，三天过后的一个黄昏，他们来到了一个叫洛斯卡的小镇上。

　　小镇虽小，但五脏俱全，街边店铺林立，热闹非凡。林禹和阿南找了一间毫不起眼的小旅店走进去。这时，两人都穿着大陆旅行者最常穿的带帽黑色长袍，大大的帽子遮住了大半边脸，阿南好像并不想引起其他人的注意。

　　两人要了一间房，吃过晚饭便各自睡下。

　　连续几天的赶路，林禹感到很疲惫，没过多久就沉沉睡去。

　　三更半夜，房门忽然一声轻响，林禹立即被惊醒，他立刻翻身坐起，下意识地望向阿南的床，咦？床上空空如也，人到哪儿去了？

　　林禹迅速拉开门，刚好看到一个黑影跃出旅店大门，隐约是阿南的身影。他这么晚到哪里去？林禹心中狐疑，决定暗中跟随探个究竟。

　　林禹的天星步法本来就快似鬼魅，跟踪阿南毫不费力。

　　两人一前一后，默默地在黑暗中疾奔。

　　穿过一片森林，眼前出现一座大庄园，阿南熟门熟路地直奔主屋。

　　林禹紧跟在后，在进入大门的时候，瞥了一眼门上的牌子，上面写着：霍尔克公爵府。

　　霍尔克？好熟悉的三个字，林禹细细回想，忽然想起阿南不就是霍尔克庄园的二少爷吗？他回自己的家为什么要如此偷偷摸摸呢？林禹强自压下心中疑惑，小心翼翼地跟着阿南进了主屋。

　　阿南轻手轻脚地上了三楼，走廊里灯光黯淡，照得人影摇摆不定，一名仆人蹲在房门边正在打呵欠。阿南急忙躲在转角，他想了想，开始用手指抓地板，发出了像老鼠噬咬木头的声音。

　　闻声，仆人站起来，慢慢向阿南这边走来，刚过转角，阿南迅速跳起，一掌砍在他的脖子上，仆人还没看清楚，连哼都来不及哼一声便瘫倒在地。阿南忙将他扶起，轻轻地把他拖过转角，靠在墙角。

然后他蹑手蹑脚地来到房门外，悄悄地扭开门把，打开门闪身进去。

这是一间很大的卧室，一片幽黯安详，透过黯淡的月光，隐约可见正中间大床上被褥隆起，明显睡了一个人。

阿南英俊的脸上竟浮出一丝狞笑，他掏出一把短剑，蹑手蹑脚地走近床边，高举短剑向床上的身影疾刺下去。

就在这一瞬间，床上的被褥像活人一样立起来，向阿南扑头盖脸地罩下来，阿南暗叫一声"不好"，知道自己中了计，急忙后退，身后却传来呼呼风声，一把剑正向阿南的后背刺去；阿南迫不得已，停住脚步，向前扑倒，试图躲过剑锋，一脚却迅速向后踢，但这时又有一股阴寒入骨的掌力从前方被褥无声无息地击来。

"米赞大管家！"阿南心中惊呼，身子向一旁急闪，短剑随即刺向伸来的手臂，但米赞速度极快，使得阿南一剑刺空，身影闪避不及，掌力结结实实拍在阿南左肩。刹那间一股寒冷刺骨的真气进入阿南体内，阿南觉得全身都被冻僵，打

第六章 真相大白

了个寒颤，体内真气立时反扑想驱除这股冷气，但突然一阵头晕目眩，体内真气竟然提不起来。

阿南软软地坐倒在地，在那一瞬间，他明白了，门把上有毒！

卧室一下子明亮起来，大门被推开，几名壮丁拥着一名六十多岁的老人走进来，将阿南团团围住。那名老人面目清俊，头发淡黄，双眼深邃，但此刻脸上略有一丝憔悴之色。

阿南认出来了，他是霍尔克庄园的主人——霍尔克公爵！而站在公爵身边的年轻人与公爵面目相似，手握一把长剑，正是刚才在他身后偷袭的霍尔克庄园的大少爷兰多斯·霍尔克。

此时，林禹正躲在卧室的窗外，房间里的变化让他措手不及，他根本还没看清楚，在电光石火之间，阿南就已受伤倒地。他不明白，同是一家人为何要搞得这般剑拔弩张，充满敌意。

他在心中暗自盘算着要不要冲进去救人，但他知道米赞绝对是个顶极高手，而且进来的几个人无一庸才，贸然出手，自己自保还有把握，但要救走受伤倒地的阿南无疑是痴人说梦。

想了一想，他还是决定静观其变。

大少爷兰多斯·霍尔克先开了口，他冷笑一声，"呵呵！我们早已布下天罗地网，维玛克，

风 森（约德萨·尼古拉的侍卫。武功超群）

看见阿南危急，林禹来不及走楼梯，双脚轻点，跃上栏杆，身子像离弦之箭，从二楼跃下，幻魔手在空中使出，闪着幽异蓝光急扑那瘦削男人，一瞬间，魔爪已将触及瘦削男人的肩头。

这次你可逃不了了吧！你杀了我的母亲，今天就是你偿命的日子！"说着，竟举剑向阿南刺去。

林禹心中狂跳，却听见一道威严的声音喊道："住手！兰多斯！"霍尔克公爵开口拦住。

兰多斯愤愤地收剑，不服气地叫道："为什么？父亲！他杀死了您的妻子啊！"

"我有话问他，带他到书房！"霍尔克公爵开口交代，便走出卧室。

几名壮丁将阿南架起带出去，米赞和兰多斯也尾随出去。

林禹翻身进入卧室，想跟踪上去，但走廊一片明亮，几个手下站在走廊上，无法跟踪。

林禹想了想，推开卧室旁一扇小门，房里放着杂物，好像是储物室，室内布满蛛丝，想必很少有人来。林禹扣死房门，坐下来开始聚集精神力，很快地一颗白色小球出现在额前，想到米赞的厉害，他将光球尽力缩到最小，像一只萤火虫飞出房门，沿着走廊墙角飞向书房，走廊上公爵的手下根本没有看到。

萤火虫沿着书房的门缝进入书房。房间里，公爵坐在一张躺椅上，米赞站在公爵身后，旁边是大少爷兰多斯，兰多斯正恶狠狠地盯着瘫坐在地上的阿南。

"兰多斯！你出去。"霍尔克公爵淡淡地吩咐道。

"父亲？"兰多斯不愿意。

"出去！"他的声音严肃起来。

兰多斯只好瞪了阿南一眼，讪讪地走出去，顺便带上门。

房间里安静下来，好长一段时间，没有人说话。忽然，霍尔克公爵弯腰咳嗽起来，咳得很厉害，几乎喘不过气来，脸涨得通红。

米赞连忙倒杯水，又拿两颗药给公爵服下去。霍尔克公爵吃了药，呼吸稍微平稳些，脸色却更加憔悴。

阿南忍不住讽刺："我原本还以为你四处张贴告示，求聘名医，是为了让我以为你重病，诱我来杀你，原来你是真的生病，真是可喜可贺啊！"他连声冷笑。

霍尔克公爵一点也不生气，微笑着说："真病假病又如何，你还不是逃不出我的手掌心！"

阿南只有冷哼一声。

霍尔克公爵怔怔地望了他一会儿，忽然叹口气，"六年啦，这些年你过得好吗？"

阿南怒瞪着公爵，并不说话，呼吸却急促起

来，心中已泛起滔天巨浪。这些年我生不如死，全拜你所赐！他在心中疯狂呐喊。

霍尔克公爵见他不回答，细细地打量他，这个俊美的年轻人，金发蓝眼，这张脸那么熟悉又那么陌生，那一张似曾相识的脸啊，一想起来，他的心就痛苦得纠成一团。

有时候，他也不知道自己究竟得到了什么，又失去了什么？这个优秀的年轻人啊，他虽然养育了他十六年，却不能让他再活下去！

霍尔克公爵淡淡地开口："当年我真是小看了你，没想到你小小年纪，居然智计百出，顺利逃走。但这次，你还是得为我的妻子偿命！"

阿南仰头哈哈大笑，"是吗？你千方百计地诱我杀死公爵夫人，我帮你办到了，你却要杀我，还真是恩将仇报啊！"

"胡说！我怎么会诱你杀死我自己的妻子？"霍尔克公爵脸一板，呵斥道。

"哼！你还以为我什么都不知道吗？你当初故意让我以为公爵夫人因为嫉妒你的情妇米拉而毒死了她，而我为了报仇杀死公爵夫人。可是，米拉那个贱人，死得还真是冤枉啊！"

"住口！"霍尔克公爵叫道，忍不住又咳几声，"米拉是你的母亲，你怎么能那样说她！"

"哈哈哈……米拉那个妓女根本就不配做我的母亲，她也根本不是我的母亲！"阿南声音高昂，愤怒至极。

"你说什么？"霍尔克公爵激动得站起来，扶住桌子，连连咳嗽。

"我是说，米拉根本就不是我的母亲！她倒是有个儿子，只是这个儿子现在不知还在哪里作威作福呢！而我真正的母亲，早已成为你通向权贵之路的第一个牺牲品！"阿南到最后几乎是在吼叫。

霍尔克公爵几乎喘不过气，他一边咳嗽，一边连连后退，脸色苍白，坐倒在椅子上，颤声问："你……你是怎么知道的？是谁……是谁告诉你这些的？"

"哈哈哈……"阿南大笑几声，扫了一眼米赞，"有时候，你最信任的人，恰恰就是背叛你的人！"

霍尔克公爵看向米赞，米赞连忙上前说："公爵，你不要相信他的话，他在挑拨离间！"米赞跟随公爵二十余年，对公爵可谓忠心耿耿。

霍尔克公爵点点头，对阿南说："你死到临头，还要挑拨离间吗？你还知道些什么，一起说出来吧！"

"该知道的，我都知道了。"阿南平静地说，"不过我还有些地方不清楚，你给我说说吧，也好让我死个明白！"

霍尔克公爵看着阿南，忽然叹了口气，他坐在椅子上，眼神迷茫，好像陷入回忆之中。

"你的母亲叫西尔维亚。"霍尔克公爵淡淡地开始叙述："她是个很美的女人，长长的金发，碧蓝的眼睛，像一名误入人间的天使……"

霍尔克公爵目光迷离，眼神里竟然透出一丝爱意，阿南双目圆睁，惊讶不已。

霍尔克公爵一无所觉，继续说道："可惜她红颜薄命，从小父母双亡，还被狼心狗肺的索伦·安道尔收为义女，成为讨好皇室的工具！"

霍尔克公爵说到此处，神情激愤，阿南却只是看着他冷笑。

"她一生最大的不幸就是嫁给国王凯维奇·尼古拉三世。尼古拉三世是个很残暴的人，最喜欢虐打女子，你母亲在怀孕八个月的时候，忍受不了他的摧残，有一天连夜逃到我的庄园里。一个月后，你就出生了。同时，我的情妇米拉也替我生下一个儿子。"

"于是，魔鬼就占据了你的心？"阿南呵呵冷笑，连声讽刺。

霍尔克公爵也不理他，继续说着："你们两个长得差不多，都是金发碧眼，稍有不同的是，你的眼睛和头发的颜色要深一些。不知道怎么搞的，我起了将你们掉换过来的念头，却没想到你的母亲早已将你记熟。"

"所以你就杀了她！"阿南厉声喝问。

"我派人用枕头闷死她，对外谎称她死于产后大出血，然后将米拉的儿子交给皇宫派来的人。我将你抱给米拉抚养，可是米拉认出你不是她的儿子，哭闹不休。她是个妓女，口无遮拦，早晚会惹祸。因此，我一不做二不休，将她也杀了。"霍尔克公爵说到这里，发了一阵呆，眼神里掠过一丝痛苦之色。

他似乎有点累了，米赞递给他一杯水，他喝了几口，喘了几口气。

阿南愤怒地盯着他，公爵却视而不见，咳了一阵，又歇了一会儿，才继续说："我只好把你交给我的妻子抚养。转眼十六年过去，你也十六岁了，虽然我的妻子对你一向很冷漠，但你却一直以为她是你的母亲。就在那年，她不知怎么发现你是西尔维亚的孩子，私下向我逼问，我搪塞几次，却瞒不过去了。"

"所以你连你的妻子都要杀掉！"阿南插嘴

道："剩下的，由我来替你说吧！你故意安排一段对话，又故意让我听到，让我以为我的亲生母亲是米拉，而公爵夫人因为嫉妒米拉而将她杀死。我当时年轻气盛，听到之后，愤怒至极，当天晚上就拿把刀子到公爵夫人的房里，将夫人杀死在床上。可惜，后来我才知道，你一方面借我的手杀了公爵夫人，一方面又为杀我找到最好的理由。"

"不错！"霍尔克公爵这个时候居然还能微笑，"可惜，当年我小看了你，你虽然年轻却聪明绝顶。我先后派了三批杀手去杀你，都被你逃走，最后一次更让你逃得无影无踪。那天若不是米赞在十二爵士堡看到你，我也不会想出这个捉你的计划，你一到瓦伦港，我就已经知道了。"

"我还有一件事不明白。"阿南叹口气，低下头平静地问："为什么要杀我？你让我好好地做你的儿子，什么都不知道，这样不好吗？"

"不！你不能活下去！"霍尔克公爵激动地说："因为……任何见过西尔维亚的人都会知道你是她的儿子，你和她长得实在太像了，越大越像。我的妻子就是因为发现这点才会死。早知如此，在你还是婴儿的时候，我就该杀了你！可惜那时我一时心软，加上觉得愧对西尔维亚而让你

活了下来，才会惹出这么多事。你是个祸胎！你不能再活下去！"

"哈哈哈哈……"阿南放声大笑。

霍尔克公爵又惊又怒，"你笑什么？"

"我在想，你处心积虑了二十余年，最终会得到什么？你年已老迈，拖着病体，即使二皇子能够受冕为凤影帝国的皇帝，到那时候，只怕你早已死掉了！"

霍尔克公爵微笑，"二皇子是我的儿子，他早已答应我加冕之后，会让霍尔克的姓氏成为皇族的姓氏，会让霍尔克家族成为凤影大陆最高贵的家族，我能为我的家族做到这点，我已经死而无憾！"

"哼哼！"阿南连声冷笑，"你以为二皇子真会这样做吗？只怕他成为皇帝之后，会一脚把你踢开。到时候霍尔克庄园将成为火海，所有的秘密也将化为灰烬，只有这样，他这个皇帝才会当得安稳呐！"

霍尔克公爵脸上一阵青，一阵白，"不！不会的！不会的！他是我的儿子！"他忽然愤怒失控地大叫："米赞！杀了他！快杀了他！"

米赞走上前，抬手就要向阿南头上拍下去，林禹大惊，却听见阿南哈哈大笑，"你杀了我，你的损失就太大了！"

霍尔克公爵见他毫不畏惧，疑惑地问："为什么？"

"哼！"阿南冷哼一声，"你如果杀了我，只怕再也见不到魔晶了！"

"什么？"霍尔克公爵吃惊得连连后退，"你是怎么知道这个的？"

阿南昂首道："你别问我怎么会知道，总之天下之大只有我知道它的下落！"

霍尔克公爵死死地盯住阿南，"我不相信！我不相信！"

阿南大笑，"你以为全天下只有你知道吗？你为什么派米赞到十二爵士堡去，我就是为了什么出现在爵士堡！"

"你！是你杀了索伦·安道尔公爵！"霍尔克公爵突然明白。

"不错！"

"这么说，你已经拿到东西了？"

"哼！"阿南冷笑一声，扭头不理。

"看来你不会轻易就说出来！"

阿南嘴边露出一丝嘲笑，笑话！说出来我还有命吗？

霍尔克公爵定定地望着阿南，好久他才开

第六章 真相大白

127

口，却是对米赞说："你明天带两个信得过的人，把他送到卡罗市，亲手交给二皇子，让二皇子亲自审问他！"

霍尔克公爵之所以把阿南交给二皇子，一方面是因为二皇子急于知道魔晶的下落，二来他也知道，他那个儿子远比自己要残忍得多！

卡罗市是凤影帝国的皇都，霍尔克庄园的领地离卡罗大约有七天路程。

这七天将由米赞亲自护送，加上阿南中毒，没有丝毫反抗的力量，公爵觉得很放心。

林禹听到这里，收回精神力，他的心中早已掀起巨浪，没有想到阿南竟然有如此坎坷的经历，而且是凤影帝国真正的二皇子！

他左思右想，举棋不定。想到米赞的身手，只怕差不了自己多少，而且功力远比自己深厚，当着他的面救人，只怕得不偿失。想了半天，他决定尾随阿南他们到卡罗市，在路上找机会救人。想到这里，他立刻悄悄地离开霍尔克庄园。

第二天一早，米赞带了两名骑士——科特和汉斯。他们将阿南扶到一辆马车上，马车很普通，目的是不引人注意，阿南浑身瘫软，几乎坐不起来，不过神色却很平静。

虽然阿南毫无反抗之力，但是米赞一点也不敢掉以轻心，因为探子曾告诉他，阿南这次到凤影大陆还有一个同伴林禹，而林禹的功夫很不错，这点他在十二爵士堡就见识过，不过他并不认为自己会输给林禹。

加上科特和汉斯，这两人各有他近五成的功力，他就不相信两个米赞会拿一个林禹没办法。

科特和汉斯驾着马车，而米赞则待在车厢里亲自看管阿南。

马车缓缓地向通往卡罗市的大路驶去。

过了一会儿，又一辆马车悄悄地跟上去，那人自然是林禹。

林禹穿着旅行黑袍，风帽盖住半张俊脸，坐在驾驶座上，由于忌惮米赞，他不敢靠得太近，只能用精神力远远地盯着他们的马车。

但是，林禹还是把一切想得太简单了。

一连六天，米赞、科特、汉斯几乎寸步不离地守着阿南，连上厕所米赞都牢牢盯住。几天下来，林禹竟然找不到阿南和米赞分开的时候。

这天晚上，马车来到离卡罗市最近的布敦小镇，明天就可以到达卡罗市。

但是米赞并没有像林禹想象的那样放松戒备，他们四个人住在旅店的同一个房里，轮流守

夜，紧紧地盯住阿南。

到了半夜，林禹偷偷地来到他们房间的窗前时，房里还亮着小灯。林禹不能再等了，如果明天阿南落到二皇子手上，后果就更难以想象。

他今天晚上必须冒险。

林禹深吸一口气，悄悄地来到房门前，抬起手掌，暗运月踪真气，只听见"啪"的一声巨响，房门被林禹一掌震开，林禹飞身闪进房里，趁着米赞、科特和汉斯三人站起来，愕然盯住他的那一瞬间，精神力分出三股六束，迅速进入三人大脑。

他要同时对三个人进行催眠！

科特和汉斯很快就放弃了抵抗，变得迷迷糊糊，进入半睡眠的状态。

米赞却神色痛苦，脸不断扭曲，似乎在极力挣扎，双手反复抬起又放下。

越是高手，意志力越强，也就越不容易被催眠。按林禹的理论来说，米赞的脑细胞的微生物电流非常稳定，外力不容易对它造成影响。

林禹也早知没有这般容易，迅速将剩下的三成精神力一古脑儿地全送进米赞大脑里。

一时间，两人僵持不下，均是呼吸急促，大汗淋漓。

过了不知多久，米赞终于平静下来，呼吸开始平稳，双眼紧闭。

"你们都累了，非常累，好好睡一觉吧，睡吧，睡吧……"林禹的声音充满磁性，充满诱惑。科特、汉斯和米赞慢慢地倒在地上，不一会儿，细微的鼾声传出来，三人都陷入沉睡。

几乎就在三人倒下的那一刻，林禹只觉得浑身乏力，头脑一阵晕眩，不由自主地坐倒在地，汗水已让他黑袍的前胸后背湿透。

同时对多人催眠是相当危险的，每个人脑细胞的微电流电压都不同，稍有差错，就达不到催眠的效果。到林禹同时催眠三人，相当于一心三用，控制三种不同的微电流电压，稍有不慎，遭到对方精神力反噬，林禹将精神错乱，这也是他迟迟不敢这样做的原因。

今天迫不得已用了这个方法，虽然成功催眠，但自己也几乎去了半条命。

阿南半躺在床上，眼看着林禹以一敌三，却半点力也使不上。等看见林禹催眠成功，心里暗暗高兴，林禹却坐倒在地，他连忙叫道："怎么了，你怎么了？"说着，他挣扎着从床上滚下地，爬到林禹身边。

林禹睁开眼，看到阿南关心的神色，微微一

笑，想摆摆手，却连抬手的力气都没有。

两人你看看我，我看看你，从来没有看过对方如此狼狈，忍不住哈哈大笑起来。

过了好一会儿，林禹才恢复了些力气，他扶起阿南说："你能走吗？"

阿南反问："你把我的包裹带来了吗？"

林禹点点头，从身上取出阿南的东西。

阿南在包裹里翻了翻，拿出一个小水晶瓶，倒出一颗红色药丸吃下去。

"这是什么？"林禹觉得奇怪。

"解药，可以解天底下所有毒的解药。"

"你怎么会有这个？"

"我没告诉过你吗？阿东是一个天才的制药师。他能制作出天底下所有的毒药，也能做出能解所有毒的解药。"阿南笑着说。

不一会儿，阿南的毒都散了，整个人神采奕奕。他看了看倒在地上睡熟的三人，想了想，还是拉着林禹的手走出房间。

"我们现在去哪儿？"

阿南抬头望望天空，"天快亮了，我们去卡罗市，既然他要让我见见那个所谓的二皇子，我就去见见二皇子！"

林禹有些吃惊，"可是……可是你去见二皇

子做什么？你……你想杀了他吗？"

阿南笑望着林禹，"咦？你这傻小子怎么突然变聪明了！"

"但你的仇人是霍尔克公爵啊！二皇子虽然占据了你的位置，可他也是身不由己！"

阿南的脸倏地阴沉下来，"你没听过一句话吗？夺走一个人最心爱的东西，往往比杀了他更让他感到痛苦！"

林禹沉默了。

阿南看着林禹的脸，冷笑着说："再说，你以为那个二皇子是好人吗？他在卡罗市是出了名的残暴，生平最喜欢虐杀美貌女子，你我杀了他，只不过是为民除害！"

"怎么会这样？难道没有法律约束他吗？"林禹很惊讶。

"哈哈哈……"阿南大声地笑了起来，"法律？法律是什么？法律只不过是帝国权贵为了玩弄平民而制定出来的游戏规则！这些年来，二皇子虐杀数十名少女，帝国法院、检察院还不是连个屁都不敢放！"突然，阿南望着林禹，恳求地说："帮帮我，林禹！帮我杀了二皇子！"

林禹面无表情，忽然直直地盯住阿南，"你……又是在利用我吗？"

阿南愣了一下，强笑着说："你怎么会这么说？我们是朋友，朋友不是应该互相帮助吗？"阿南表面上这么说，心底却有些心虚。

是的，他一直在利用林禹。

这次到霍尔克庄园行刺霍尔克公爵是他一手策划的。在旅店那天晚上，以他的身手怎么会去碰响门？那是因为他出门的时候故意碰了下门以惊醒林禹。他知道林禹会悄悄地跟在自己身后，也明知道林禹会偷听到自己和公爵的谈话。甚至也算到林禹今天晚上会来救他。他做的这一切，就是希望林禹能够帮他复仇。因为他知道林禹很善良，对他也有一份浓浓的友情。但是却没有想到林禹会问这句话，这傻小子，终于也开始学会思考了吗？

林禹仔细地瞅着阿南，最后叹口气，"走吧！"说完，向前走去。

"等等！你……你答应了吗？"

"你又何必这么问？你明知道我会答应你的。不是为了什么为民除害，而是因为……你是我的朋友！"林禹头也不回，淡淡地说完，继续前进。

阿南笑了，他看了看林禹的背影，身子一跃，紧跟上去。

第7章

温柔刀光

阿南这才从床上爬起来，他一边穿衣服，一边问："他什么时候会来？"阿黛拉想了想："大概十一点以后吧，你……你是要我去陪他吗？"她的眼里充满泪花，盈盈欲滴，看上去楚楚可怜。阿南怜惜地抚摸着阿黛拉的俏脸，"我怎么舍得呢？我只是要你和我一起演场戏而已。"一听，阿黛拉温柔地笑了，布满泪花的双眼充满着欣慰的笑意。

第七章　温柔刀光

　　第二天傍晚，林禹和阿南来到凤影帝国的都城卡罗市。

　　毕竟是帝国都城，同以前林禹见过的那些小城镇不同，卡罗市面积极大，街道宽敞，车水马龙，很是热闹。街边的行人，哪怕是一个小小平民，脸上似乎都带着不可一世的神情。

　　林禹和阿南照例穿着黑色长袍，戴着黑色的帽子。

　　林禹只顾着欣赏都城的人文风情，一个不小心，和一名行人相撞，那人上下打量了林禹一眼，鄙夷地骂道："走路长长眼睛吧，哼！乡下土包子！"随后那人扬长而去。

　　阿南狠狠地盯着那人的背影，若不是想避人耳目，他老早就冲上去扁他个满地找牙！

　　林禹苦笑一声，拉拉阿南的衣袖，"别理他，走吧！"

　　两人找了间偏僻的小旅店住进去，天色很快

就黑了下来。

阿南拿出一包黑色的药粉，用水调了调，然后将黑色的黏液均匀地抹在头上，不一会儿，满头漂亮的金发变成黑色。接着，两人又换了一身衣服，看上去英俊不凡，不同的是林禹始终看起来比女子还要美。阿南无可奈何地叹口气，摇摇头，然后带点不怀好意的笑容，"走吧！我带你去个地方。"

"什么地方？你不会穿成这样去刺杀二皇子吧！"林禹早就感到奇怪。

"去了就知道，那个地方叫……伊甸园！"阿南神秘兮兮地说。

两人的马车在一栋大房子前停下，阿南拉着林禹跳下车。林禹打量着眼前这栋建筑，外表看来很普通，和附近街上的住房没有任何差别，甚至还远比不上其他豪华的建筑物。

等他们进去之后，林禹才知道自己大错特错了。大厅装饰之奢华让人瞠目结舌。大大的华丽落地窗，挂着最昂贵的花纹丝绸窗帘。大厅里摆了数张精致的真皮沙发，旁边的长桌上堆满可口美食和昂贵红酒，天花板上一盏巨大的水晶灯照得屋内光华流转。一对对衣鲜光艳的男女或坐在沙发上，或靠在壁炉边，有的端着酒杯高声谈

笑，有的搂在一起接吻调情。

阿南并没有在一楼停留，而是带着林禹直接上到二楼，来到一间房间门外，阿南掏出一小袋金币扔给守在门边的小仆小，那人赶紧向阿南鞠了个躬，推开房门，请两人进屋。

林禹进屋后，惊讶得张大嘴巴。这是一间比一楼大厅还要豪华百倍的大房间，地板上铺着又厚又软的华丽地毯，四面挂着红色、紫色、黄色等各种颜色的美丽纱幔。有的沙幔里人影绰绰，不时有娇笑声传出，也不时有一对对男女相互拥抱、亲吻着消失在纱幔后面。

房间里轻烟弥漫，香气四溢，充斥着一种奢华、荒唐和颓废的情调。林禹只觉得自己忽然浑身发热，他并不知道，屋里弥漫的香味里带有春药的成分。

忽然，一名女子从一处红色纱幔里娇笑着跑出来，一边跑一边回头望。

林禹一下子觉得脸在发烧，口干舌燥。

他有点明白了，这个伊甸园是个妓院！

几名女子媚笑围住两人，她们的衣服只是一层薄纱，曼妙的胴体若隐若现。

阿南笑着对其中一个年纪看起来稍大一点，但风情万种的女人说："艾莉，找几位漂亮点的小姐，好好伺候我这位朋友。"

艾莉咯咯娇笑，瞄了一眼林禹，"南少爷，您就放心吧，像这般风流俊美的少爷，姐妹们谁不知道疼惜啊！"她说着，给阿南抛了个媚眼，然后带着两名女子，拉着迷迷糊糊的林禹消失在纱幔里。

阿南笑了笑，然后叹口气，迈开步子向房间深处走去。

阿黛拉静静地坐在梳妆台前，望着镜子里的美丽容貌，两眼有些发直，有一下没一下地梳着自己的波浪长发。

她是一个像猫一样的女人，美丽而慵懒。

她有着长长的浓密棕色头发，美丽的脸上嵌着的是一对碧绿的像猫眼的美眸。她穿着一件白色的紧身低胸睡衣，玲珑浮凸的身材一览无遗，奶油色的皮肤细腻得让人恨不得轻咬一口，在他的美色中就此沉沦。

屋子里除了一张梳妆台，还有一张华丽大床，床边的巨大衣柜里，挂满了各式各样最时髦的漂亮衣服。桌上点着一小炉檀香，清雅的香味弥漫在每个角落。

外面不时传来一阵阵隐隐约约的嬉笑声，但这个华丽的大房间却很安静，甚至没有一个人闯

第七章 温柔刀光

入她的纱幔，因为阿黛拉不是一个普通的妓女。

她是妓女中最为高贵的社交妓女，俗称"交际花"。

要成为一个社交妓女并不是一件容易的事，她不但要有迷人的美貌，还要有良好的教养、过人的才学、聪颖的头脑和圆滑的手段。

她可以随口吟出美丽诗句，也可以随时脱下衬裙击剑助兴。

她是上流社会聚会时最耀眼的点缀，是王公贵族们视线的焦点，和她来往的男人不是贵族富贾，就是最受尊敬的诗人。

她在各式各样的男人中游刃有余，可以将你哄得服服帖帖，却又心痒难耐；也可以让你恨得牙痒痒的，却又对她无可奈何。

她高兴的时候可以和你共度春宵，不高兴的时候，即使你把世界上最美丽的钻石放在她眼前，她也会不屑一顾！

人类就是有劣根性，越是得不到的，就越是觉得好。因此，阿黛拉成为卡罗市里，最炙手可热的社交妓女。

这个世上还有谁能让她这样愁眉不展、郁郁寡欢呢？

听到身后传来轻轻的脚步声，阿黛拉皱皱

眉，不满地转过头，但是她却呆住了。映入眼帘的俊脸是那样的熟悉，他还是像第一次见面时那样吊儿郎当地站着，脸上挂着潇洒不羁的笑容。

"阿南！"阿黛拉惊喜地跳起来，娇柔的身子迅速地扑入来人的怀里。

阿南微笑着，拥住阿黛拉柔软的娇躯，他的心也变得柔软起来。

他热烈地吻住阿黛拉的红唇，在一阵让人窒息的长吻之后，他迫不及待地打横抱起阿黛拉放在床上。

阿黛拉一脸笑意，媚眼如丝，凹凸有致的玉体横陈，一副如君所愿的撩人媚态。

阿南房里顿时充满了盈盈春情。

不知道过了多久，激情开始慢慢退去。

阿南躺在床上，一手枕在脑后，一只手拥住阿黛拉，他长长地吐出一口气。

"现在什么情形了？"他淡淡地开口。

"还能怎么样！大皇子和二皇子还是争得不可开交，听说老皇帝上周就被气病了，现在的政务大多掌握在玛丝菲尔皇后手里。"阿黛拉一边爱怜地拨弄阿南的头发，一边微笑着说。

"哦！皇太子的人选还没定下来吗？"

阿黛拉笑得更欢了，"你也知道的，大皇子

资质平庸、贪财好色；二皇子呢骄横跋扈、残暴不仁，要想从这两个同样糟糕的继承人中挑出一个不那么糟糕的来，可是一件不容易的事呢！"

阿南哈哈大笑，"真是报应啊！"

他继续问："那教皇那边呢？"

"一只被斩去爪子的猫，除了躲起来舔伤口，还能做些什么？"

"哈哈哈！虽然说是没有爪子的猫，有时候还是有些用处的。"

阿南这才从床上爬起来，他一边穿衣服，一边问："他什么时候会来？"

阿黛拉想了想："大概十一点以后吧，你……你是要我去陪他吗？"

她的眼里充满泪花，盈盈欲滴，看上去楚楚可怜。

阿南怜惜地抚摸着阿黛拉的俏脸，"我怎么舍得呢？我只是要你和我一起演场戏而已。"

一听，阿黛拉温柔地笑了，布满泪花的双眼充满着欣慰的笑意。

卡罗城西，一栋豪华城堡里的一间宽大华丽的卧室里。

一名穿着睡袍，淡金色头发，碧蓝色眼睛的

男人站在床边，眼睛微眯，闪着危险的光芒，像一只正紧盯着猎物的凶猛野兽。他的面目本来应该是颇为英俊的，可是现在看起来却有些狰狞。

在他的面前，一张柔软宽大的床上，一位赤裸少女呈"大字"型被绑着，卧室里燃着温暖的炉火，可此时，她洁白娇弱的胴体却在空气中瑟瑟发抖。

男人的手上拿一条长鞭，随手一挥，"啪"的一声，少女雪白的背脊立刻出现一条血淋淋的鞭痕。

少女闷哼一声，死死地咬住自己的下唇，竭力不让自己叫出声，因为曾有人对她说过，要是她叫得越大声，二皇子就会越兴奋，也会鞭打得更加凶狠。

二皇子一口气抽了十来鞭，少女忍不住轻声呻吟起来，嘴唇流下血丝，泪水不可抑制地涌出眼眶，继而打湿了枕头。二皇子狰笑着一把扯掉睡袍，光着身子跳到床上，骑在少女身上，他用睡袍上的腰带紧勒住少女洁白娇嫩的脖子，少女"啊"的轻哼一声，就再也叫不出声来，不一会儿就被勒得满脸通红，舌头外吐，嘴唇发青，终于支撑不住，两眼一翻，失去知觉。

二皇子扔掉腰带，愤恨地站起来，踢了动也

不动的少女一脚，骂道："真他妈的不过瘾！败老子的兴，贱货！"

他跳下床，拉了一下床头的铃铛。

房门打开，走进两名仆人，他们把床上遍体鳞伤的少女抬出去。

不一会儿，走进来一位穿着骑士服的瘦高男人，他脸形瘦削，目光像老鹰一样，阴沉而锐利。他略略地扫了屋子一眼，笑着说："殿下，看来您今天晚上似乎心情不太好。"

二皇子哼了一声，没有说话。他的心情是不大好，自从几年前接到一封来自霍尔克庄园的密函，他的心情就一直没好过，甚至一天比一天糟，脾气也一天比一天暴躁。

仆人们为二皇子穿上绣工精致的衬衣，披上华贵的外套。

二皇子对着镜子理了一下袖口，皱了皱眉，说："风森，走吧，陪我到另一个地方去玩。"

风森微微弯了一下腰，他自然知道殿下要去哪里，得不到的猎物总是最好的。他整了整衣襟，也跟着出去。

林禹虽然有些腼腆，长得比女子还要俊美，但终究还是个男人，因此，他现在觉得很享受。

他半裸着身体，趴在一张精致舒服的躺椅上，眯着眼睛，像在闭目养神。

　　嘉莉带着爱慕的目光，看着他无可挑剔的身材，轻轻滴了一些玫瑰油在他洁白光滑的背上，双手熟练地帮他按摩起来。这个男人似乎天生有着一种令人不可抗拒的吸引力，让每个女子都心甘情愿地为他飞蛾扑火。

　　林禹舒服得几乎要叫出来，激情过后的他，脑袋仍然有些晕眩，看起来有些失魂落魄。这就是传说中男人的天堂吗？他情不自禁地想。

　　突然，楼下似乎传来什么声音打断林禹的享受，他睁开眼，半撑起身子，侧耳倾听，竟然是"叮叮当当"的击剑声，隐约夹杂着阿南的惊呼声。林禹立即从床上跳下来，披上长袍，冲出纱幔。他跑出房间，来到二楼栏杆边。

　　楼下一大群男男女女围着两个正在比剑的年轻人，其中一个是阿南，另一个年纪大些，身材瘦削，目光锐利，剑法又快又重，技巧更是出神入化，林禹只看了一眼，就知道阿南根本不是他的对手。那个瘦削的男人可以说是林禹到这个世界以来遇到的第一高手。

　　果然，阿南被击得连连后退，退到沙发边，一跤坐倒，抬剑一挡，"叮"的一声脆响，长剑

竟然被削断！

　　林禹大吃一惊，他知道阿南的长剑不是凡品，被自己的幻魔甲一击都没能击断，现在竟然断在那名瘦削男人手上！

　　那个男人显然并不想就此放过阿南，举剑疾刺，阿南只剩下半截断剑，顺手向那男人掷去。那男人侧身躲开，攻势丝毫不停，剑尖直刺阿南胸膛。阿南情急之下，一个倒翻，滚倒在沙发边，已是避无可避。

　　看见阿南危急，林禹来不及走楼梯，双脚轻点，跃上栏杆，身子像离弦之箭，从二楼跃下，幻魔手在空中使出，闪着幽异蓝光急扑那瘦削男人，一瞬间，魔爪已将触及瘦削男人的肩头。

　　一片惊呼声中，那瘦削男人反应迅捷，立刻放弃阿南，长剑剑锋以不可思议的角度倒转，正好接住林禹的幻魔手。两人身手俱佳，一时间满屋都是剑光和幻魔爪的蓝光闪烁。"叮叮当当"一阵阵交接之声，不绝于耳。两人以快打快，瞬间交手十几招才翻然分开，相互打量一番，惊讶不已。

　　林禹心中惊骇，对方的长剑不但在幻魔爪的狂击下不断，反而将他的十指震得阵阵发麻，几乎失去知觉。

而那瘦削男人显然也没占到什么便宜，脸色凝重，身上的衣服被林禹的幻魔甲削下好几片，此刻飘飘扬扬缓缓地落在地上。

他上下打量了林禹一下，冷冷开口："我是风森，你身手不错，叫什么名字？"

林禹也仔细地看着他，回道："我叫林禹，我的朋友已经输了，你为什么还要伤害他？"

他用手指着刚从地上爬起来的阿南。

"哈哈……"

风森冷冷笑道："你的朋友胆子不小，竟敢和二皇子殿下抢女人，原来是有你在撑腰！"

林禹看看阿南，阿南正吊儿郎当地搂着美女阿黛拉，笑嘻嘻的，仿佛有林禹在此，天塌下来都没事。

林禹皱眉，大为头痛，这个阿南和二皇子争女人，难道是故意找麻烦吗？

风森牢牢盯住林禹，"为了维护二皇子殿下的荣誉，我现在宣布，我，风森，正式向你林禹提出挑战：我要和你决斗！如果你是一位高贵的骑士，就请不要拒绝我！"

这个要求一提出，四周立即响起一片惊呼声。谁都知道，风森是凤影大陆最有名的剑士，他对林禹提出这个要求，大家看向林禹的惊艳表

情，立刻变成同情和惋惜。

林禹眉头皱得更紧了，为了一个妓女莫名其妙地接受挑战，他可不愿意，至于什么高贵骑士之说，更是和他没关系。

他正准备拒绝时，阿南却插进来，"好！林禹是我的朋友，我替他答应你！三天之后，我们城西决斗场见！"

风淼点点头，"好！到时候，我将邀请二皇子殿下到场为公证人。"说着，他退后一步，一名淡金色头发、碧蓝眼睛的男人走出人群，站在风淼之前。

他，就是当今凤影帝国的二皇子约德萨·尼古拉殿下。

自从林禹现身以后，约德萨·尼古拉的眼光就没有离开过他的身上，十个阿黛拉也不能把他的目光从林禹身上拉回来。这样俊美的男人他从来没有见过，他心里忽然冒出一种说不出来的感觉，在他眼里，林禹已经变成一个特别的猎物。

约德萨满面笑容："能够为两位出色的年轻人做决斗公证人，是我的荣幸，希望两位能够点到即止，不要伤了和气。"

他笑眯眯的眼神带着某种危险的讯息，让林禹感觉极不舒服，但他还是向约德萨行了个礼。

"多谢殿下！"

约德萨笑了笑，"那么，看在你的份上，我就不再和你的朋友计较了。"他的笑容让林禹情不自禁地起了一身鸡皮疙瘩，不由自主地后退一大步。

约德萨又带着微笑扫了阿南一眼，然后领着风森离开。

林禹跟着阿南来到阿黛拉的房间，遣退了左右。林禹不满地抱怨："你为什么替我答应和他决斗？"

他顿了顿，像忽然想起什么似的，"等等，难道你想在决斗场杀死二皇子吗？"

阿南没有回答，来回踱了几步，皱着眉想着什么，然后开口问："你刚才和风森交过手了，你有把握胜过他吗？"

林禹低头想了想："论速度，他慢不了我多少，论功力他却远比我高深，如果不能靠速度在三十招之内杀死他，我就必败无疑！"

阿南点点头，"嗯！我本来是有这个打算，在决斗场找机会杀了他，但现在你这么说，我又改变主意了。而且，以风森在凤影大陆第一剑术的名气，必然会有很多剑士观战，我们即使能杀了约德萨，众目睽睽之下也难以脱身。"

"那这场决斗怎么办？我可没把握赢风森，你不能眼睁睁看我送死吧！"林禹不满地埋怨。

阿南哈哈笑道："你放心吧，瞧约德萨看你的模样，他可舍不得让你死呢！"

听他这么说，林禹是又气又急，举手便打。

接着，两个人又嘻嘻哈哈地在房间里玩闹了一阵。

阿南笑着说："好啦，好啦，不就是一场决斗嘛不去不就行了，反正你我都不是什么高贵的骑士。"

林禹愕然，"可是这样不守信用会不会不太好？风森是个高手，高手有高手的尊严，如果我不去，那是对他的最大的侮辱，恐怕他今后都不会放过我！"

"尊严吗？哼！还有三天时间，我自有办法。到时候，死人怎么还能参加决斗？死人还会有什么尊严？"

阿南阴沉地笑着。

看着他的笑容，林禹忍不住打了个寒颤。阿南说得不错，这个世界上，有时候，活着的人都没有一丝尊严，何况是死人！

第8章

偷天交易

　　教皇看着阿南的眼睛，这个英俊的年轻人有着什么样的目光啊！他的眼神充满睿智和坚韧，力量和野心，激情和狂热，信任和期盼，还有一份仿佛谁也不可动摇的坚定信念！他的脸看起来刚强而坚毅，好像世界上没有什么困难能难倒他，王室的血统让他整个人看起来既高贵又威严。这样的人，才是一个王者，才配当凤影帝国的皇帝吧！教皇不由自主地被吸引住，缓缓地向阿南伸出了手……

第八章　偷天交易

　　阿南来回地踱着步子，突然像想起什么似的说："对了！明晚你陪我去见一个人。"

　　"谁？"对于阿南层出不穷的主意，林禹早已见怪不怪。

　　"大皇子安德尔·卢瓦尔省·尼古拉！"

　　"你！"林禹吃惊地抬头，又好似恍然大悟，"哦！你要杀二皇子，想从大皇子那里捞点好处，是不是？"

　　"你倒是越来越聪明了！"阿南嘿嘿一笑，忽然又神秘兮兮地靠过去："怎么样，今晚那两个小姐还可以吧？"

　　林禹的脸一下子红了，又是羞怒又是尴尬，举手作势要打他："你这个混蛋！关你什么事，到这里也不先告诉我一声！"

　　阿南哇哇大叫着逃走："我说了，你还肯来吗？让你摆脱童子鸡的身份，你还恩将仇报！"

　　两个人又开始在房间里嬉笑追打起来。

听到声音冲进来的阿黛拉看得莫名其妙，不过她还是很高兴，因为在她的记忆中，阿南从来没有像现在这样快乐过，或者是看似快乐过。

吕佩克坐在书桌前，一手托腮，一手拿笔，不时地用嘴咬咬笔杆，一副百无聊赖的样子。

因为大皇子安德尔·卢瓦尔省把他叫进书房让他写信，可是已经过很久了，大皇子都只是在地毯上来回踱步，没说一句话。

其实，即使大皇子不说，吕佩克也知道要写些什么，无非就是指责二皇子约德萨又做了什么坏事，比如说他又侵占了哪个穷贵族的封地啦，又糟蹋某个不幸的女子啦……当然，信写得总是义愤填膺，以显得大皇子是多么的正气凛然。

这种信件每个月吕佩克都要写上好几封，然后就会交到帝国议会议长道格拉斯的手里，接下来道格拉斯便会头痛不已，过没多久信又会出现在帝国皇帝凯维奇·尼古拉三世的书桌上。

当然，二皇子也绝不会就此善罢甘休，控告大皇子贪污受贿、拈花惹草的信也会如雪片般飞到皇帝的桌上。

但是，照目前看来，这种信除了让老皇帝大发雷霆，最后气得生病之外，并没有产生什么实

际的效果。

吕佩克无聊得开始细细打量起大皇子。

安德尔·卢瓦尔省·尼古拉长得有点胖，黑色的短发，小小的眼睛，毫不出众，如果按外貌来选皇太子的话，他一定输给二皇子。

吕佩克又开始胡思乱想起来，其实大皇子也不像外面传闻的那么没用吧！他除了长得难看一点，懒惰一点，贪财一点，小气一点，好色一点，懦弱一点……也找不出其他什么毛病了，至少对他们这些下人还很不错。

安德尔·卢瓦尔省总算停止来回踱步，吕佩克也赶紧停止胡思乱想，拿着笔，正襟端坐，眼巴巴地望着大皇子。

"嗯！你就这么写……"安德尔·卢瓦尔省慢慢开口："尊敬的道格拉斯议长大人……"

果然如此，吕佩克只能苦笑着埋头写下这串文字。

就在这时，窗外传来一阵嘈杂的脚步声，紧接着有人大叫："有刺客！"

安德尔·卢瓦尔省和吕佩克都吃了一惊，停下动作。

好奇的安德尔·卢瓦尔省拉开书房的门走到院子察看，护卫队队长赫拉立刻挡在他身前，十几个手握长剑的卫士，将闯入的两个人团团围住。而那两个英俊的年轻人则一副好整以暇的模样，似乎不把卫士们看在眼里。

安德尔·卢瓦尔省仔细地打量着两人，他从来没有见过这样好看的男人。一个留着黑色长发，脸庞之俊美无与伦比；一个黑发稍短一些，但英俊的脸更是潇洒不羁，多出几分男子英气。

这两个人当然是林禹和染过头发的阿南！

阿南微微一笑，不卑不亢地说："大皇子殿下，您好！我叫阿南，他是林禹。请您原谅我们冒昧闯入您的府上，我们并没有恶意，只是想和您……谈笔生意。"

"哦？凭什么？"安德尔·卢瓦尔省很生气："你们不递名帖，就闯进我的城堡，当我的城堡没有人吗？"

双手一挥，十几名卫士挥舞着长剑，向两人围拢过去。

阿南向林禹递了个眼色，林禹会意过来，眼睛微闭，幻魔爪瞬间闪现，释放着诡异蓝光。他踩着天星步，院子里片刻间，全是林禹白色身影。惊呼声中，林禹声影闪过。

"啪啪啪……"连声脆响，十几把剑随即断成两截。

十几名卫士手握断剑，呆若木鸡，相顾骇然，每人的脖子上都多了一道淡淡血痕，显然林禹已手下留情。

护卫队队长赫拉的剑并没有断，这个赫拉身为队长，武功自然不俗，林禹早就看出这点，因此避开和他硬碰硬，同时也给大皇子留点颜面。

有时把人逼急，自己反而得不到任何好处。

安德尔·卢瓦尔省脸色大变，一手扶住门框，双腿却在瑟瑟发抖。

阿南微微一笑："大皇子殿下，您不必担心，我说过了，我们不会伤害您，只是想和您做笔交易，而且这笔交易对您有利无害，您难道一点都不感兴趣吗？"

安德尔·卢瓦尔省瞄了一眼赫拉，赫拉有点沮丧地摇摇头，意思是自己不是林禹的对手。安德尔·卢瓦尔省仔细地看了二人一眼，只得叹口气。"好吧，我姑且听听看。请进！"

安德尔·卢瓦尔省把林禹和阿南请进书房，赶走文书吕佩克，只留下心腹赫拉。

"说吧！你要和我做什么交易？"没等两人坐下，安德尔·卢瓦尔省迫不及待地开口。

阿南却淡淡一笑，不慌不忙地说："听说殿下您和二皇子有些不和，不如这样，殿下您答应我一个条件，我帮您除掉二皇子如何？"

他低垂着眼，漫不经心地抠着指甲，说得轻描淡写，安德尔·卢瓦尔省却吃惊得跳起来："你……你怎么敢说这种话？你到底是谁？究竟想干什么？"

阿南笑了，他抬起头，目光锐利如刀，眼里掠过一丝不耐和鄙夷，有点不耐烦地打断安德尔·卢瓦尔省的话："我是谁并不重要，关键是殿下您，您最大的愿望是什么？您真正想要的是什么？当您午夜梦回时，让您恨得咬牙切齿的人是谁？让您魂牵梦萦的东西又是什么？"

阿南的眼睛一眨也不眨地盯住安德尔·卢瓦尔省："您扪心自问，夜深人静的时候，您真的没想过杀死二皇子吗？我们不用躲躲闪闪的，就开门见山直说吧！二皇子身边有凤影大陆第一高手风森，您难道一点都不担心有一天风森的剑会搁在您的脖子上吗？"

安德尔·卢瓦尔省倒吸一口气，脸色突变，眼睛里掠过一丝恐惧。这些丝毫没有逃过阿南的眼睛，阿南暗暗冷笑，知道害怕的人总是比较好控制。

"不，不会的！"安德尔·卢瓦尔省虽然嘴硬，但阿南已从他惊恐慌乱的眼神中知道，刚才

的话已深深刺进了他的心里。

"呵呵!"阿南笑道:"大皇子您宅心仁厚、心地善良,可是二皇子是什么样的人,您比我更清楚。帝王之家,为了皇权,兄弟反目、父子成仇的故事想必您知道的不比我少,我只是想提醒您一句,先下手得利,后下手……呵呵……恐怕连性命都保不住!"

阿南说完,又靠回椅背,闲适地修起指甲。

安德尔·卢瓦尔省脸色一阵青白,过了好半天才喃喃道:"你……"

"你们又怎么保证杀得了他?"阿南哈哈一笑,指了指林禹,"我朋友的身手,您刚才也看到了,天底下只有他能杀得了风森。等二皇子死后,皇位就是您的,难道您一点都不动心吗?"

安德尔·卢瓦尔省沉默半晌,又瞄了一眼赫拉,赫拉点点头,表示阿南说的是实话。

"虽然你能杀死约德萨,但天下人都知道我和他不和。他一死,岂不是让我陷入嫌疑?"安德尔·卢瓦尔省犹豫地问,他好像也没有传说的那么笨。

阿南呵呵一笑:"这点您就更不必担心,昨天我在伊甸园和二皇子因为争女人而起冲突,很多人都看到了,我杀了他,大家只会以为二皇子是死于争风吃醋罢了。更何况，二皇子的仇家多如牛毛，无论怎样，都不会牵扯到您身上的。"

"那你有什么条件？"他再傻也不相信天上会无缘无故掉下馅饼。

"哼哼！"阿南冷笑一声，"皇帝已经老迈，大皇子当上皇太子后，相信很快就会受冕继位，我希望到那时候，您能将霍尔克家族抄家斩首，一个也不留！"

林禹大吃一惊，阿南怎么会提出这个条件？新帝继位就屠杀帝国重臣，那怎么得了！

果然，安德尔·卢瓦尔省吃惊地说："那怎么行！虽然霍尔克现在支持约德萨，但如果我继位就屠杀霍尔克家族，议会和其他贵族大臣肯定不会同意！"

阿南冷笑道："霍尔克家族一向野心勃勃，您如果不趁此机会除掉，日后您即使继位，难道不怕坐不安稳吗？"

安德尔·卢瓦尔省还是有些犹豫，"可是，如果约德萨一死，我成为皇太子，霍尔克或许会效忠我，我若杀了他，岂不是让其他支持我的贵族心寒？"

阿南暗暗皱眉，这个大皇子怯懦胆小，优柔寡断，不是个会做大事的人！看着这个自己同父

异母的哥哥，阿南心中却是说不出的鄙视。

"哼！"他又冷笑一声："二皇子一死，霍尔克或许会向您效忠，可是他是真心还是假意，您如何知道？与其让他成为您的眼中钉、肉中刺，不如趁早拔掉他！很多事情如果等到发生了再想挽回，可就困难了！"

见安德尔·卢瓦尔省低头思考，阿南趁热打铁："铲除霍尔克庄园后，您大可以安排自己的心腹接收霍尔克的势力，这样，霍尔克的势力依旧牢牢掌握在您手中，岂不是比心怀鬼胎的霍尔克还要可靠得多！而且，我相信霍尔克庄园的敌人绝对不只您一个，您可以轻而易举地找到盟友，到时候天下是您的，您想怎么样就怎么样！再说，杀死霍尔克时，随便给他安个罪名，其他贵族还能说什么吗？欲加之罪，何患无辞！"

安德尔·卢瓦尔省眼睛一亮，随即又低下头去细细思量。他来回踱步，皱着眉头，好久也不开口。

阿南知道他已心动，低头一笑。

过了好一阵子，安德尔·卢瓦尔省终于拿定主意，抬起头，笑道："好！我答应你，你们替我除去约德萨，我替你杀掉霍尔克公爵！"

"好！那我们一言为定！"

阿南笑着和安德尔·卢瓦尔省击掌，随即两人各怀鬼胎地哈哈大笑。

林禹看在眼里，却只能微微皱了下眉。

在回去的马车上，林禹不无抱怨地说："你答应大皇子答应得那么干脆，我可没有把握能杀死二皇子，你知道风森成天跟他形影不离，而且二皇子的城堡守卫森严，万一杀不了他，你可别怪我。"

阿南安慰着他："你放心，我会有办法的。"说着，他嘴边浮出一丝冷笑。

办法，是人想出来的，更何况他还有一张牌没打出来呢！

深夜，圣约瑟斯教堂的高大轮廓隐隐绰绰，看上去还是和白天一样宏伟肃穆。

教堂庄严而华丽的大厅里，教皇彼得维奇六世正跪在圣母像前祈祷。

他的脸清瘦而坚毅，双眼深邃，眼皮微闭，看起来似乎有点心事。他嘴里念的祈祷词时断时续，显然有点心不在焉。

教皇也会在祈祷的时候闪神吗？会！当然会！尤其是在他心情不好的时候。

他当上教皇已经快八年了，但是行事却一向很低调，或者该说是被迫低调，而且不只是他，

第八章　偷天交易

近百年来的每一位教皇几乎都没怎么抬起头过。

因为，教会对帝国的影响每况愈下，只怕再过一百年，教会只会成为帝国的装饰品，而对皇帝起不了丝毫影响力。教皇彼得维奇六世常常为此感到忧心忡忡。

自从一百年前的人魔大战之后，魔法大陆的魔力被禁锢，魔法师几乎绝迹，而这对教会的损害几乎是致命的，因为教会的成员大多是魔法师。教会实力大减，自然在帝国的地位也随之下跌。

不仅如此，贵族们也渐渐减少对教会的捐助，甚至许多原本已属于教会的庄园、土地也纷纷被贵族们找了各种理由收回或者强行占据。

为此，教皇没少向议会和帝国皇帝提出申诉，可是，申诉提出无数次，裁决也不下数十次，情况却仍是老样子，甚至愈演越烈。教皇不得不派出教会的圣骑士分驻在各个庄园，才暂时制止情况的恶化。

现在，除了参加庆典之外，帝国皇帝已经很少邀请教皇。

而现在教会拥有的力量也不过是四百多名圣骑士罢了。

除了担心教会的地位下跌之外，教皇彼得维

奇六世还对现在的皇室非常不满。

他原本是对尼古拉家族很忠诚的，但是老皇帝已经几乎不能理事，两个继承人更是不值一提，随便选一个出来，都会觉得比另一个更糟糕，再这样下去，只怕凤影帝国会亡于此三父子之手！

想着想着，教皇无奈地叹了一口气。

身后传来一阵沉重的脚步声，教皇转身看去，只见一名身穿骑士服，高大魁梧的男人走进来。

"你回来了，曼切克队长。"教皇露出微笑，毫不掩饰对这个年轻人的欣赏。

曼切克是圣骑士队的队长，难得他这么多年来一直待在看来没有什么前途的教会里，而且还对他忠心耿耿，这全是因为教皇曾经无意中救了曼切克一命。这也可以看出曼切克是一位知恩必报、重情重义的好男人。

曼切克连忙上前，单膝跪下，执起教皇的手行吻手礼。

"查出来了吗？是谁杀死索伦·安道尔公爵的？"教皇淡淡地问。

曼切克站起来，恭敬地回话："听说是一位黑发的英俊年轻人，名叫林禹，据说来自坦桑

大陆。"

"哦？查到他为什么要行凶吗？"教皇想了想，记忆中并没有这个人的资料。

"呃……"曼切克有点为难，"听说是在安道尔公爵的生日宴会上，这个叫林禹的年轻人漂亮得出奇，而公爵在书房里好像……呃……好像对他有点冒犯。"

"哦？"

"嗯！听说那个年轻人武功非常高强。"曼切克继续补充。

"哼哼……"教皇不知道该生气还是好笑，"索伦这次终于踢到铁板啦！唉，偏偏在这个紧要的时候出事，难道幸运女神不站在我们这边吗？"教皇长长地叹了口气。

"那个年轻人现在怎样了？"教皇继续问。

"好像是被菲斯特堡主抓住，不过听说后来又逃走了。我亲眼看到十二爵士堡的手下在领地秘密搜索一个多月，仍然一无所获。"

"逃走了……"教皇喃喃自语，随即又是一阵苦笑，一个看似偶然的意外却打碎了他长久以来的一点点希望，上天的安排真的是人力不可抗拒吗？

他又长长地叹口气，正要转身，却一下子愣

住。因为，在曼切克的身后竟然无声无息地出现一名黑衣蒙面人。

曼切克察觉教皇的眼神有异，迅速转身，同时"刷"的一声，长剑出鞘，对准黑衣人。

黑衣人却哈哈大笑，双手一摊："尊贵的圣骑士应该不会对手无寸铁的人动手吧！"

曼切克冷哼一声："那要看对什么人！阁下在三更半夜，黑衣蒙面，鬼鬼祟祟，恐怕不适用骑士规则！"

黑衣人却不搭理，径自向教皇行了一礼，"彼得维奇教皇，我今天冒昧来见您，是想请您帮我一个忙。"

"哦？"

教皇似乎被黑衣人的大胆莽撞弄得有点失笑："我不认识你，凭什么要我帮你的忙？"

"哈哈……"黑衣人大笑几声，"您不认识我，但总该认识这封信吧！"说着，他从怀里掏出一封牛皮信件来，信件封口已被撕开，但还是能看出留有教皇专用的印章。

教皇大吃一惊，颤声道"你……你怎么会有这封信？"

黑衣人歪歪头，眼神似乎在嘲笑："这封信是我在十二爵士堡无意间得来的。怎么样？只要

您答应帮我一个忙，我就把它还给您，如果您拒绝，那么这封信明天早上就会出现在皇帝的书桌上，到时候，您勾结十二爵士堡企图谋反的罪名就会让教会遭受到无妄之灾！"

教皇的脸色倏地变得阴沉，气得双手在长袖袍里发抖，他最担心的事果然发生了！

由于对皇室的极度失望，为了挽救教会，他不得不答应索伦·安道尔公爵的结盟要求。

因为索伦答应推翻现在的皇室之后，会把议会的一半席位送给教会，这对教皇来说，是个不小的诱惑！这封同意结盟的信由议会的盟友卡特副议长送到十二爵士堡交给索伦，而索伦死后，此信就下落不明，成为教皇心中最沉重的一块石头。而现在，这个黑衣人竟用这封信来要挟他！

教皇的目光开始变得阴冷："哼哼！是吗？你凭什么交给皇帝？你以为今天晚上，你还能活着走出圣约瑟斯教堂吗？"

曼切克早已蠢蠢欲动，闻言抬剑就向黑衣人劈去。

黑衣人迅速后退，闪过剑锋，叫道："慢着！教皇！我想，其实我们并不是敌人，不一定我们还可以成为盟友。"

教皇冷笑道："说说你的理由！"

黑衣人紧盯住教皇的眼睛，"如果您认为这封信还不值得让您帮我的忙，成为我的朋友，那么我的确还有一个理由！"

他缓缓说着，一只手慢慢地摘下蒙脸黑布，露出一张金发碧眼、英俊绝伦的脸，是阿南！

教皇细细一看，忽然间惊讶得连连后退："难道……你是……西尔维亚的……"

"不错！"阿南斩钉截铁地说，"我才真正是西尔维亚的儿子！教皇大人，不用我说，想必您已明白事情的前因后果了吧！"

教皇的脸色变了数变，从不能置信到无奈摇头："原来如此！原来如此！"

阿南微微一笑："您见过我的母亲吗？"

教皇叹了一口气，眼神迷离，像是陷入回忆。"是的，我见过，像她那样美丽的女人，我想谁也不会忘记吧！二十多年前，我还是一个普通的教士。在皇帝的婚礼上见到西尔维亚皇后，她是一个非常美的女人，任何人见到她，都会被她迷住吧！"

他顿了顿，又仔细地打量阿南一会儿，叹了口气："你长得跟西尔维亚皇后几乎一模一样，太像了……实在太像了……"

阿南坦然一笑："听说教会里收藏了一块神

奇的水晶，能够验证尼古拉家族的血统，如果您不相信，可以拿出来让我试试。"

教皇怔怔地望着阿南，沉默了一会儿，然后摇摇头："不用试了，我相信你的话，任何见过西尔维亚皇后的人，都会知道你是她的儿子！"

"那么，您认为我有资格成为继承人吗？"阿南的眼睛死死盯住教皇，声音也严肃起来。

教皇看着阿南的眼睛，这个英俊的年轻人有着什么样的目光啊！他的眼神充满睿智和坚韧，力量和野心，激情和狂热，信任和期盼，还有一份仿佛谁也不可动摇的坚定信念！

他的脸看起来刚强而坚毅，好像世界上没有什么困难能难倒他，王室的血统让他整个人看起来既高贵又威严。

这样的人，才是一个王者，才配当凤影帝国的皇帝吧！教皇不由自主地被吸引住，缓缓地向阿南伸出了手……

阿南立刻单膝跪地，握住教皇布满皱纹的手，在他的手背上轻吻一下。

在吻住他手背时，阿南忍不住露出微笑，因为他知道从此以后，他拥有了自己的势力，虽然现在还很渺小，但任何事不都是从无到有，由小到大的吗？

第9章
手刃仇酋

　　金金色小球在空中"嗤"的一声，竟生出一对金色翅膀，发出"嗡嗡"的叫声，向约德萨急追而去。金幽浮！是金幽浮！不知道阿南用了什么法子控制了它！金幽浮闪电般的速度岂是马儿能比，片刻就已追上约德萨。约德萨听到身后恐怖的嗡嗡声，还来不及回头，金幽浮已像一道利剑，从约德萨身后透背而入，从前胸溅血穿出。约德萨惨呼一声，口吐鲜血，从马上摔了下来，胸口赫然出现一个血洞，而人已气绝身亡。阿南手一招，金幽浮带着鲜血飞回阿南手中，收回双翅。

第九章 手刃仇酋

二皇子约德萨·尼古拉站在书房，手里拿着一封信，他翻来覆去看了好几遍，然后递给站在一旁的风森，"你看看，这个教皇到底在打什么主意？"

风森接过信，迅速地浏览一遍，微笑着说："这封信虽然看不出什么确切的意思，不过他这么做，似乎是准备把赌注压在殿下您的身上。"

约德萨皱着眉头，"这个教皇以前从来不介入我和安德尔·卢瓦尔省之间的争斗，这次居然有意和我结盟，依你看会不会有什么鬼？"

风森又想了想，"听说这次皇帝病得不轻，我想教皇大概是听到什么风声，他此时向殿下您送出这封信，无非是想知道殿下能给他什么好处。我看殿下不妨先去拜访他，摸摸他的底。这个时候，多一份力量就多一分把握。殿下已有霍尔克庄园和一部分议会的支持，此时再加上教会的势力，受冕之日，指日可待啊！"

"是吗？"约德萨开始在心中冷笑，想起几年前收到的那封来自霍尔克庄园的密函，心中又是一阵不舒服，这个霍尔克公爵可以将他捧上帝位，也可以让他摔得粉身碎骨，可偏偏两人现在像拴在同一条绳子上的蚂蚱，谁也动弹不得。霍尔克公爵，可是他心中扎得最深的一根刺。

是不是应该扶持起别的势力来防备霍尔克庄园呢？想到这里，他立刻对风森说："午饭后，准备马车。我们去圣约瑟斯教堂拜访那位彼得维奇教皇！"

风森微笑着应声："是，殿下！"

"记住多带几个人。"约德萨又不放心地补充道。

"是！"风森笑了。这个二皇子仇家极多，看来他也很有自知之明啊！

一辆红色的豪华马车在十几名骑士的护送下，缓缓驶出二皇子的城堡，向卡罗市主城的方向前进。

风森陪伴着约德萨坐在马车里，不时拉开布帘探看外面的情形，约德萨则舒适地闭目养神。

这段路不长不短，途中有一片面积不小的树林。不一会儿，马车就驶进了树林里的林阴道。

　　轻风吹拂，树叶沙沙作响，枝叶在阳光的照射下，投射的阴影在地上不停摇晃，一切都是那么的静谧安详。

　　突然，马车停了下来。

　　"发生什么事了？"约德萨睁开眼，有点不高兴。

　　风森走下马车，一名骑士走过来说："路上躺了个人，好像受了伤。"

　　风森狐疑地走过去，见地上躺着一个白衣年轻人，他皱了皱眉，蹲下身，将人翻过身来。

　　"林禹！"风森忍不住叫出来。

　　约德萨听到风森的叫声，急忙跳下车，他还记得林禹是那个非常漂亮的年轻人。

　　"怎么回事？"约德萨一边问，一边凑到林禹身边。只看见林禹的双眼紧闭，脸色苍白，嘴角有一丝丝血迹。

　　然而，就在此时，风森忽觉事情有异。身为高手的直觉让他立刻察觉到隐隐约约中有一股杀气，是的！是杀气！而且来自……林禹！

　　就在风森暗叫"不好"的那一刹那，林禹猛地睁开眼睛，眼中射出灼灼凶光，双手一挥，蓝色闪亮的幻魔爪咻的一声暴长，向呈惊呆状态的约德萨的颈"脖"划去。

就在幻魔爪即将划破约德萨皮肤的瞬间，风森的长剑已到，急斩林禹双手。

林禹缩回手，双掌一翻抓住长剑，微一借力，双腿弹出，砰砰两声踢在约德萨胸口。

约德萨惨叫一声，应声翻滚出去，挣扎着坐起身，只觉得胸口气血翻滚，一时之间说不出话来。

风森气急败坏地真气暴涨，长剑竟发出微微红光，产生一股黏力将林禹的双手吸在剑上，另一掌带着劲风向林禹拍去。

林禹处变不惊，双脚也不落地，借着手上黏力，向风森手掌踢去。

掌脚相交，林禹倒飞出去，虽然脱离风森的控制，却也吃了暗亏，风森内劲之强，一触之下，竟然轻创林禹的内腑。

林禹强咽下涌到喉咙的血液，飞身而上，十指幽蓝光芒隐现，向风森闪电般疾速地抓去。深知内力不是风森对手，再也不敢抓他长剑，足踏天星步，身影闪动间，幻魔爪招招向风森击去。

风森脸上反现喜色，目光锐利，像是见到最满意的猎物。多年者无对手，高手的寂寞有多少人会懂得？他长剑挥舞，身法快捷，瞬间和林禹斗了个难分难解。

其余十几名剑士这才反应过来，纷纷上前，却只见两团模糊人影上下翻飞，迅如闪电，哪里插得了手。

就在这时，砰砰几声暴响，人群中忽然腾起白色烟雾，伴随而来的是一阵令人迷醉的甜香。几个离烟雾最近的剑士立刻脚步蹒跚，身影摇摇欲坠。

阿南带着冰冷剑光，忽然从林中窜出，手中长剑疾刺、横劈，一剑一个，立刻鲜血飞溅，惨呼连连，片刻之间，倒下好几名剑士。

剩下近十名剑士知道中毒，急忙扯下衣襟，掩住口鼻，另一只手提剑向阿南冲去，但终究毒雾入体，脚步虚浮迟缓。

阿南顺手砍倒一个，急向二皇子冲去。

二皇子离烟雾最远，反而没有中毒，见阿南冲来，愤恨至极。

所谓仇人相见，分外眼红，他强自站起身来，抽出佩剑迎向阿南的剑，"叮叮当当"一阵急响，竟全数将阿南的剑招封住。

没想到约德萨的剑术竟然不弱！

阿南冷笑一声，内劲暴涨，长剑如疾风一般扫过约德萨佩剑，"叮"的一声脆响，佩剑顿时断成两截。

约德萨大骇之下，见几名剑士已赶到，大叫："拦住他！快拦住他！"

阿南立时陷入重围。

约德萨忙不迭地爬起，奔到马匹边，翻身上马向树林外疾驰而去。

林禹和阿南都大吃一惊，如果让约德萨跑出树林，那可就功亏一篑了。

林禹着急不已，但此刻和风森陷入缠斗，分身乏术。

阿南暴喝一声，运起全力，击退两个剑士，向约德萨逃走的方向追去，一边从怀里掏出一个金色小球。见到前面约德萨的背影，阿南对着小球迅速念了几句咒语，然后将小球向约德萨的方向抛去。

金色小球在空中"嗤"的一声，竟生出一对金色翅膀，发出"嗡嗡"的叫声，向约德萨急追而去。

金幽浮！是金幽浮！不知道阿南用了什么法子控制了它！

金幽浮闪电般的速度岂是马儿能比，片刻就已追上约德萨。

约德萨听到身后恐怖的嗡嗡声，还来不及回

第九章 手刃仇酋

头，金幽浮已像一道利剑，从约德萨身后透背而入，从前胸溅血穿出。

约德萨惨呼一声，口吐鲜血，从马上摔了下来，胸口赫然出现一个血洞，而人已气绝身亡。

阿南手一招，金幽浮带着鲜血飞回阿南手中，收回双翅。

紧跟而来的几名剑士骇然止步，刚才的情形他们都看在眼里，这样的暗器天底下谁人能挡？

风森听到二皇子的惨叫，眼见他摔下马，想是活不成了。暴怒之下，大喝一声，长剑急劈。林禹腾空虚抓，指风划破风森的脸皮。

风森却不闪不避，势若疯虎，长剑带着狂暴劲气，连连横劈数剑，林禹见他不畏生死，只得闪开。

风森摆脱了林禹的纠缠，向阿南冲去，神情极其恐怖。

阿南自知不敌风森，金幽浮再次出手。

风森见金幽浮闪电般袭到，丝毫不惧，手中长剑向金光劈去。然而，他终究还是低估了金幽浮的速度，一剑劈空，但带起的劲风却影响了金幽浮的方向，"啊"的一声，风森惨叫着扔出长剑，双手抱住右腿哀号连连。

金幽浮竟已洞穿风森的大腿！

阿南招回金幽浮，捡起风森的长剑，冷笑着走近风森，"呵呵……风森！你和二皇子狼狈为奸了十几年，没想到会有今天吧！"

　　此时，风森身上遍布幻魔爪痕，脸上也鲜血流淌，大腿上的血洞正汩汩地流着鲜血，看起来相当狼狈。

　　但是，他仍对阿南怒目而视，怒骂："卑鄙！你这个卑鄙小人！你杀了二皇子，皇帝不会放过你！"

　　阿南哈哈大笑，"二皇子吗？呵呵，他敢和我争女人，我照样会让他死！而你嘛？哼！你的主人已经死了，你也没有活着的必要！"阿南的脸顿时变得狰狞，话还没说完，手中的长剑已"咻"的一声刺入风森的胸口。

　　风森经过一番打斗，力气早已不济，此剑来得突然，完全来不及避开。

　　林禹大吃一惊，"住手！"

　　话音刚落，风森已经头一歪，就此气绝，双眼仍是怒睁，可怜凤影大陆第一剑手，就这样死在阿南的剑下，死不瞑目！

　　阿南回头冷冷地盯着剩下的几名剑士，那几个人吓得不住地发抖，片刻之间一哄而散，落荒而逃。

阿南也不去追，金幽浮一天之中连使两次，已经超出他的极限，现在的他已感到全身无力。而且，他也看出林禹受了重伤，身上被风森的剑划破十余处，雪白的衣服已被染红一大片，人已经摇摇欲坠。

阿南急忙上前扶住林禹，只觉得他手脚无力，内腑气息紊乱，显然是受了不轻的内伤。

林禹微微喘着气，"你……你为什么要杀风森？"

阿南苦笑，这个林禹什么都好，就是心太软。他冷哼一声，"你以为风森是好人吗？他和二皇子干了多少坏事，你根本不知道！再说，如果留下功夫极高的他，他日后向我们寻仇，岂不是大大麻烦？而且，如果不杀了他，又怎么能得到这把'嗜血'宝剑？"

他拿起风森的剑细细欣赏，不停点头，"不错！不愧是百年前十二骑士之一风浩凌的佩剑！风森毁了我的'金翼'，赔我一把'嗜血'，也算公平！"

林禹无可奈何地笑了笑，虽然知道阿南做得对，但心中始终有点不舒服。想到这里，只觉得一阵头晕，"哇"的吐出一大口鲜血，晕死过去。

阿南连忙扶起林禹，探查了一下他的伤势，叹了口气。

他牵来一匹马，将林禹小心地放在上面，自己也翻身上马从背后抱住林禹，两人缓缓地离开了树林。

微风拂过，树影婆娑，树林里只留下横七竖八的十来具鲜血淋漓的尸体，充满死亡的血腥气息……

几天之后，二皇子的死讯像龙卷风一样席卷整个凤影大陆。

一时之间，人心惶惶。

原本支持二皇子的贵族大臣们纷纷巴结起大皇子，大皇子的城堡在几天之内变得门庭若市，看着堆满书房的礼物，大皇子笑得合不拢嘴，他还从来没有像这些日子这样高兴过。

当然，偶尔也有不和谐的声音传入耳中，比如说大皇子有杀死二皇子的嫌疑！

但是这些谣言很快就不攻自破，因为跟随二皇子死里逃生的剑士说，是一个在伊甸园里和二皇子争女人的人下的手。

于是，大家又纷纷猜测起这个了不得的人究竟是谁，连风森都成为他的剑下亡魂！有些伊甸

园的常客，脾气也开始变得温和，再也不敢轻易在伊甸园与人起争执，谁知道这种无妄之灾是不是有一天会落到自己头上呢？

　　一个月之后，大皇子如愿以偿地当上凤影帝国的皇储。

　　这天，林禹和阿南正站在开往斯图尔大陆的一艘大船上。

　　海风习习，吹散了阿南漂亮的一头金发，他平静地望着凤影大陆的方向，仿佛在凤影大陆上发生的事与自己毫无关系。

　　他默默地望着，嘴边慢慢地露出一丝冷笑，像是在喃喃自语："再见了！凤影大陆！不过……我很快就会回来。当我再次踏上凤影大陆的时候，我将会拿回我应得的东西，凤影大陆的命运将会由我来主宰！"他的眼瞳变得更深沉，目光更加犀利。

　　林禹默默地看着阿南，他想了想，忽然开口问："我们在凤影大陆耽搁了这么久，而且自作主张地杀死二皇子，紫小姐会不会不高兴？"

　　阿南转过头，微微一笑，"我上次杀了索伦·安道尔，紫小姐会生气是因为我破坏了一场即将开打的战争。索伦勾结帝国议会副议长卡特，意图谋反，十二爵士堡很快就要和皇家卫队开战，而索伦一死，计划因而流产，紫小姐才对我心生不满。而这次，我杀了二皇子，打破了势力平衡，凤影大陆即将发生战争，我为紫小姐立下这个大功，她怎么还会责怪我？"

"战争！"林禹有点吃惊，"怎么会发生战争？你是说大皇子和你的约定吗？可是如果霍尔克庄园向大皇子效忠，以大皇子懦弱的性格，很可能根本不想挑起战火，而且，即使打起来，皇家卫队也不见得是霍尔克庄园的对手！"

"哈哈哈……"阿南大笑，"皇家卫队不够，再加上十二爵士堡呢？这次霍尔克庄园肯定输了！"

"十二爵士堡？"

"不错！不要忘了玛丝菲尔皇后，她是索伦·安道尔的亲妹妹。这个女人性格刚毅，心胸狭窄，有仇必报。你想想，如果她知道杀死自己哥哥的人是霍尔克庄园的二少爷，她会善罢甘休吗？而且，这也是十二爵士堡扩张势力的最好机会。所以这场战争由不得大皇子不打！而霍尔克公爵又不能说出内情，所以这个暗亏霍尔克是吃定了！"阿南的脸上充满信心。

"啊！可是……可是你只不过是想杀死霍尔

第九章 手刃仇酋

克公爵为你母亲报仇，又何必引发战争，为紫小姐立下这个所谓的大功呢？"林禹对阿南有很多事瞒着他感到有点不满，"而且，你早已收服了金幽浮，凭我们的力量，我们可以杀死霍尔克公爵，又为什么要假手于大皇子？"

"哼！"阿南的脸色变得阴沉，"我让大皇子去对付霍尔克庄园，自有我的道理。大皇子代表的是帝国正统，霍尔克庄园和帝国作对，只能成为天下唾弃的逆臣！霍尔克不是想要家族荣耀吗？哼！我要让霍尔克这个姓氏在凤影大陆上声名狼藉！我要让霍尔克这个家族在凤影大陆永世不得翻身！"阿南"砰"的一掌击在栏杆上，面目狰狞。

林禹惊呆住，有那么一刹那，他甚至觉得眼前的阿南不是他所认识的那个人。

好半晌，他才想起还有一个问题没有问，"紫小姐为什么要挑起凤影大陆的战争呢？"

"紫小姐吗？"阿南抬起头望着远方，嘴边扬起一抹嘲笑，眼里却露出一丝恨意，"哼！紫小姐已经因为仇恨而失去了理智。"

这句话好熟悉，对了！林禹想起来了，在无忧岛的时候，紫小姐曾对阿南说过同样的话，而现在，阿南又把这句话原封不动地还给紫小姐。

这两个人啊，也许都是因为仇恨而失去理智了吧！

林禹叹了口气，他现在只想赶快做完答应紫小姐的事，然后离开无忧岛，去完成自己环游世界的梦想。

对这个世界来说，他只是一个外人，他没有能力改变什么，也不想去改变什么。每个世界都有自己的运行规律，而强行逆转这个规律的结果就是被原来的世界所抛弃吧！

林禹望着前方，身后的凤影大陆即将风起云涌，战火连连，可是这一切均与他无关。

远处的海平面上，刚刚升起的朝阳放射出万丈霞光，美丽绚烂。

几只海鸥身披霞光，在海面上滑翔嬉戏。

大船乘风破浪，载着林禹向未知的斯图尔大陆驶去。

命运的巨轮又会将把他带到何方？

　　一踏上斯图尔大陆，阿南和林禹就遇上罕见的巫妖族，还被他们给诓了！害两人不仅误闯皇家禁地"暗魔森林"，还遇上生性残暴的饥饿魔兽群……在危机四伏的森林中，他们要如何全身而退？

　　因缘际会下，他们救出皇家骑士韦恩与特雷蒙兄弟，以及美丽的御用魔法师塞西莉亚，并决定参加他们口中的"皇家比武大赛"，好完成无忧岛岛主指派的任务。然而，在这场高手如云的竞赛中，却隐藏着致命危机！这回，他们又该如何化险为夷，进而拔得头筹？……

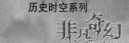

涅槃

若 湖◎著

即将 **火爆** 推出

为了从佳诺王手中救回琉姝，澈影与莲迦一行人杀进希赖柯森皇宫，自此埋下引爆波拉达海战的导火线！

澈影带兵出征之际，琉姝被长公主驱逐出宫，再度踏上流浪旅程。意外造访难民营的她，不仅施展神术为难民带来希望，更率领众人打造新家园……

当凯旋归来的澈影循线找到琉姝时，居然遭到手持神器的男子袭击，两人双双坠入茫茫大海……漂流至荒岛究竟是福还是祸？前方还有什么更惊险的事件等待着他们？……

奇幻魔法系列

异世天魔录

孤云白鹤◎著

魔幻佳作，风起云涌上市！

现已**火热**推出

以暗黑主神身份重生的白鹤，带着魔族的希望踏上人类世界，身边当然不缺双美——神族公主艾莲娜及魔族高手夜羽相伴。他们目睹一条年轻生命因为不平等的阶级制度，受尽贵族凌辱而凄然惨死，白鹤心中激起涛天怒火，暗黑力量乘机焚去他所有理智，怂恿他抛去慈悲大开杀戒……他是否会被心中的魔鬼反噬，从此成为暴虐的魔神？

非凡奇幻文学网
www.ff71.com

飞象文化　夺其文学网
www.enovel.com.tw

非凡奇幻 X-Fantasy 奇幻魔法系列

莎拉是巫女

一篇新鲜生动的异想小说
带您进入绮丽缤纷的魔法世界

火绒草◎著

现已**火热**推出

初秋的书市，即将吹起奇幻爱情风！

在孤儿院长大的莎拉，调皮捣蛋爱冒险，却被视为异类胎，只因她没有魔法世界里人人出生就拥有的先天属性。某天，一位银发重战士特拉伊突然来到，告诉她：她是尊贵的爱兰格斯巫女，而且早在十六年前就惨遭杀害……

吸血的獠牙

流水年华◎著

现已**火热**推出

吸血鬼，究竟是什么样的生物？
——既不是神，亦非撒旦，更不是属于人类

　　情急之下动用血族力量的冯念恩，必须面对身份曝光后的危险。极力挣脱命运摆布的他，不但要寻找方法让自己变回人类，更要小心背后朝他伸来的魔掌……处女泪水的传说是一则谎言？面对自己费尽心力才求得的真相以及对心上人的承诺，冯念恩决定舍弃人类身份，寻求血族的庇护。

　　没料到此举却将他推往炼狱……

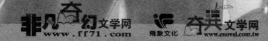

&·Fantasy·奇幻魔法系列

最强！史上女佣手记

这位史上恶名昭彰的女佣伊莉莎来自哪里，没人知道。而如此身份低下之人会被载入史册，原因是：她是导致大陆上的人类遭受大灾难的罪魁祸首！她一出现就把千百年来遭封印封住的怪兽放出，并煽动传说中的邪恶魔法师重出江湖，还让充满恐怖威胁的魔法阵得以完成……

天上鬼◎著

现已 **火热** 推出

谁说女生就没有能力翻云覆雨？
且看一介无名小女佣
一跃而成史上最强魔法师
小心！当你开始翻开她的手记时
就已踏入她的魔法阵中了……

非凡盛卷书友会 总动员

会员服务信箱：ff7171@sina.com

壹 "非凡盛卷"会员：填写入会申请表时，还有其他需要注意的事项吗？

(帆哥) （在填写"非凡盛卷书友会"入会申请表（见："非凡盛卷书友会"读者回函卡）时，请注意以下几点：① "姓名"一栏请填写您的真实姓名。为了及时准确核实您的会员资料，请勿填写笔名、网名或是英文名。② "通讯地址"一栏请翔实填写您所在省、市（县）、区、路及门牌号，以避免因地址不详而致使书友会寄给您的信函遗失或被邮局退回。由于学校的地址不稳定，许多会员反映有丢失信件的现象，所以请您最好填写家庭地址或父母单位等较为保险的地址。③ "QQ" "E-mail" "地址"和"电话"一栏请细心填写，以便俱乐部能及时与您联系并准确地将礼品送到您的手中。

贰 "非凡盛卷"会员：很高兴收到了"非凡盛卷书友会"寄来的精美会员卡。会员卡中所注明的会员卡号（7位）、会员用户名（7位）和会员密码（8位）三个号码，是做什么用的？

(菲姐) 俱乐部按资料核实顺序给每位会员都编制了一个7位号码，号码的第一个英文字母代表会员的等级，所以会员编号应有7位。会员用户名是由读者自己在读者卡自行填写的，必须要和在"非凡奇幻文学网"（www.ff71.com）正式注册的会员用户名相同。

叁 "非凡盛卷"会员：现在我是会员，要邮购"非凡奇幻文学网"上面的东西怎么办？我应该按哪一种等级会员价汇过去？你们不会搞错吗？那邮购单的附言要怎么填写？

(帆哥) 如果是金卡会员，通过邮局汇款邮购"非凡奇幻"系列图书均可享受7折优惠。请您首先在"非凡奇幻文学网"的邮购目录里找到您想要的、且现在仍处于热销中的书籍，然后向邮局的工作人员领一张汇款单，填写完收件人、寄件人的相关资料后，再将您需要的书名连同代表会员身份的会员编号填写在汇款单附栏里（如：《吸血的獠牙》①一本）。最后，您把书目定价的钱款及所需支付的邮费交给邮局工作人员汇到北京市100088信箱37分箱即可。

非凡奇幻文学网　www.ff71.com　　飞象文化　　夺美文学网　www.enovel.com.tw

非凡盛卷书友会 会员须知

会员服务信箱：ff7171@sina.com

壹 入会流程：

①您只需将"非凡盛卷书友会"读者回函卡填好并邮寄给我们，您即可免费成为"普通会员"。②如果您想成为"金卡会员"，只需每年汇寄71元会费，即享有"非凡盛卷书友会"为您提供的金质服务。③会费请通过邮局填单汇寄，请勿在信封中夹寄现金以免遗失。④为了使您尽快成为书友会的会员，请务必翔实填写您的真实姓名及所在省、市（县）、街道、门牌号码和邮政编码等，且在汇款单附言里注明您的联系电话、出生日期及性别（见下图）。

中国邮政普通汇款单 (此单请向邮局柜台索取)

汇业 001-2

邮局打印	汇票号码	汇款金额	汇费	手续费	交易日期	经办柜员

汇款方式 □现金—现金 □账户—现金 汇费及手续费支付方式 □现金 □账户扣收

回执方式 □投单回执 □短信回执 汇款人手机号码

汇款金额（小写）

拾	万	千	佰	拾	元	角	分

客户填写

收款人邮编□□□□□□ 收款人姓名 _____

收款人地址 _____

汇款人姓名 _____ 汇款人邮编 _____

汇款人地址 _____

汇出帐/卡号 _____

（帐户扣款金额1万元及以上填写）汇款人证件 _____ 号码 _____

代办人姓名 _____ 证件 _____ 号码 _____

请把您所要购买的产品请楚地写在这里（只能写30个字哦！）

事后监督： 复核柜员： 经办柜员：

贰 会员福利：

①普通会员：当您向"非凡盛卷"购买"非凡奇幻"精品（书籍及周边产品）时，可享受8.5折优惠！并有机会参加"非凡盛卷"举办的书友联谊活动。

②金卡会员：a.当您向"非凡盛卷"购买"非凡奇幻"精品（书籍及周边产品）时，可享受最优惠的7折待遇。您在省下一大笔开支的同时，还能拿到最时尚、最HOT的图书和精品，太合算了！b.金卡会员在过生日的时候，还会收到本公司提供的一份神秘礼物哦！

快客、奇士、虚幻的灵异现象

难以捉摸的形象

唯有灵巧的你能架构捕捉

"画"出境中的奇幻

我们正在找你

就是你……

我们期待的"画"题人物！

非凡奇幻文学征求优秀封面绘者

投稿办法：

★作品请先以 600X942 或 479X690 像素 JPEG 小图

格式档案寄来审查，正式图档规格为 14cmX22cm，

解析度 300dpi 以上，请以 TF 或 PSD 档案格式寄送。

★封面投稿专用信箱: yen@ifnet.com.tw

ff71Book@sina.com

非凡奇幻文学网
www.ff71.com

IF 飞象文化　夺美文学网
www.enovel.com.tw

非凡奇幻 强力募集令

想象是故事的起点
欢迎新旧写手速来报到
透过字里行间行云流水般的劲道
挥洒出令人低迴不已的传奇
绽放无限光芒……

投稿办法：

★ 来稿请注明投稿类型为"奇幻小说"。

★ 整部作品须为长篇小说，预计可连载 30 万字以上，单本字数约在 7~8 万字左右（MS Word 计算），来稿请分章节、段落、场景及编页码，并附上创作大纲，详细说明故事设定及走向。

★ 手写稿或电子稿均可，手写稿字迹务必工整干净，如经录用，需自备电子稿档案，档案类型请使用 MS Word 或纯文字档，投稿时请用 A4 版面打印，并记得附上磁盘。

注意事项：

★ 来稿务必注明真实姓名、电话、住址、电子信箱等基本资料。

★ 国内投稿专用信箱：ff71Book@sina.com

★ 海外投稿专用信箱：yen@ifnet.com.tw

★ 创作不易，请尊重他人的知识产权、著作权，严禁抄袭、转译，违者自负一切法律责任。

藏書之樂

面对着由文字堆叠而成的一摞书页
在想象力的交互激荡感应下
催生出无数美好的意外及惊喜
这是所有书迷可遇不可求的至乐
如果你曾为了某些精彩绝伦的情节废寝忘食
也曾无法从奇诡乖离的境地中脱身
请和我们一同在无数惊叹中
透过作者洞察万物的锐眼
在奇幻异想的世界里
参见英雄！

——非凡奇幻之友购书方法

壹 网上订购

请登陆"非凡奇幻文学网"http://:www.ff71.com 订购非凡奇幻系列图书，除可建立个人完整的消费纪录档案外，更可累积消费金额，享受折扣升级的优惠。

贰 邮局邮购

凡以邮购方式订购非凡奇幻系列图书，即可享受 8.5 折优惠。请将欲订购的图书编号、书名详细填写在"中国邮政普通汇款单"的右下角（只限写 30 个字哦！）中，再将折扣后的金额加上邮资（金额详列于下），邮寄至：北京市 100088 信箱 37 分箱　非凡盛卷收本公司收到您的汇款单，7~12 天内将寄出您订购的图书。

计算册数	普通挂号（印刷品）	特快专递	包裹
1 本	5 元	10 元	
2 本	6 元	10 元	
3 本以上			

※10 本书以上免付邮资
※海外地区邮资另付
请洽询 010-82023248
E.mail:ff71588@sina.com

非凡奇幻
打造奇幻小说新视野

安徽文艺出版社和非凡盛卷文化、飞象·映象文化

合力改变你的阅读味蕾

以有限文字，创无限可能

将八荒宇宙缩小在一方书页

奇幻文学——一块天马行空、纵横古今

和古人对话、和未来接轨的新阅读空间

 读家抢先预告……

非凡奇幻严选巨献，狂掀风云上市！！